SHANGHAI LITERATURE & ART PUBLISHING GROUP

故事会
精品系列

故事会

喝酒故事

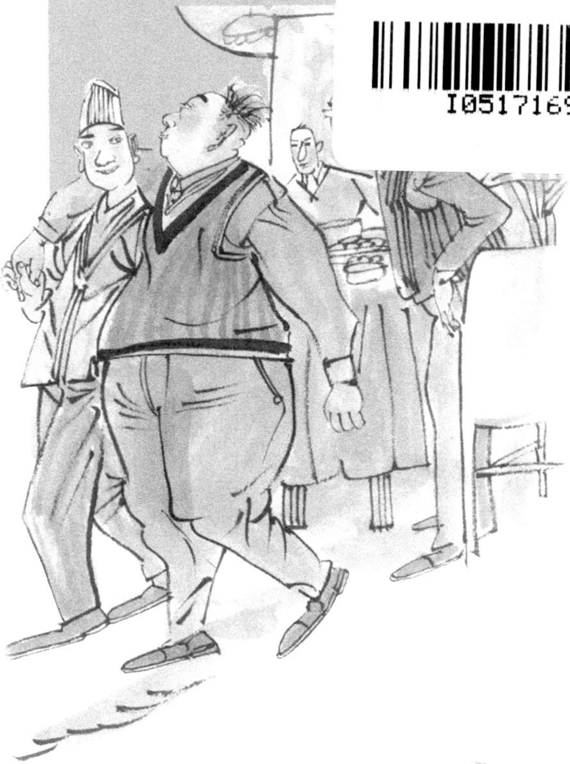

上海锦绣文章出版社
上海故事会文化传媒有限公司

上海文艺出版（集团）有限公司

图书在版编目（CIP）数据

喝酒故事 《故事会》编辑部编 － 上海：上海锦绣文章出版社
（故事会精品系列） ISBN 978-7-5452-0250-2

Ⅰ．①喝…Ⅱ．①故…Ⅲ．故事－作品集－世界 Ⅳ．I14

中国版本图书馆 CIP 数据核字（2009）第 015624 号

丛 书 名：故事会精品系列

书 　 名：喝酒故事

主 　 编：何承伟

编 　 委：何承伟　　吴　伦　　姚自豪　　夏一鸣

责任编辑：刘迎曦　　鲍　放

装帧设计：王　伟

责任督印：张　凯

出 　 　 版： 上海锦绣文章出版社

　 　 　 　 　 上海故事会文化传媒有限公司

POD 海外发行： 中国图书进出口上海公司

　 　 　 　 　 电话：021-36357888

　 　 　 　 　 传真：021-36357896

　 　 　 　 　 地址：上海市虹口区广中路 88 号

　 　 　 　 　 邮编：200083

目　　录

因 酒 生 事

漫无节制的人，天天都在改变他们的爱好、他们的兴趣和他们的感情，但就是不改一改他们这种变化多端的坏毛病。

怕先生喝酒

从前,有个吝啬鬼想请私塾先生教子读书,但他怕私塾先生喝酒。他知道请喝酒的先生,不但要花酒钱,有时还要叫上几样菜,这样就得花很多钱。所以他在请私塾先生时,就特关心先生的酒量。

这一天,有位私塾先生来应聘。

吝啬鬼开门见山地问他:"先生,您可会喝酒?"

这个私塾先生一本正经地回答道:"东家,我只能略饮一杯罢了。"

吝啬鬼听了很高兴,心想:一杯酒,量不算大,请这样的先生还合算。于是聘下了这位先生,并择吉日设宴拜师。

宴席上,吝啬鬼亲自把盏斟酒,以示隆重。吝啬鬼立起来,假意先敬先生："先生,请喝酒。"

只见先生眉不皱、眼不眯,"啾"地将杯中残酒一饮而尽,亮杯接酒。

吝啬鬼见状暗暗吃惊,假惺惺地赞道："先生好酒量!"

私塾先生谦虚地笑笑："不敢,只能略饮一杯耳。"

"一杯?"吝啬鬼听了好不生气,就提醒道,"刚才先生不是已经干了一杯了?"

先生惊奇地看着吝啬鬼说："什么,这就叫杯么?"

吝啬鬼心里打了个"咯噔""这不是杯是什么呢?"

先生慢条斯理地答道："这只能叫盅!"

吝啬鬼暗暗叫苦,但也无奈,拜师酒已请了,难道还反悔不成? 勉强应付了一年,吝啬鬼就找了个理由辞退了先生,另行聘请。

聘师消息传出后,又一位秀才先生应聘而来。

"先生,您可会喝酒?"吝啬鬼见面就问。

"仅能略饮一盅耳。"秀才认真地回答道。

吝啬鬼大喜,自忖道:量他盅再大总大不过碗,这样的先生请得。于是也拣了个吉日设宴拜师。

席上,用盅斟酒。酒过一巡,吝啬鬼假意持壶续酒："先生,再喝一盅吧?"

秀才先生说："东家,你错了,这不叫'盅'!"

吝啬鬼闻言大吃一惊："这不叫盅,那什么是盅?"

秀才先生从容地答道："和尚寺里一撞就响的那才叫'钟'呢!"

吝啬鬼听罢暗暗叫苦不迭:真倒霉,请了个更能喝的,但也无法,仍只好勉强应付一年。

第三年,又一位老先生前来应聘,照例寒暄几句转入正题。

吝啬鬼忐忑不安地问道："先生,您可会喝酒?"

这位老先生满脸疑惑，不解地问："什么叫酒？"

吝啬鬼一听喜出望外，哈哈，这回可算找到了！不知什么是酒的人能喝酒么？当即聘下了这位先生，次日设宴拜师。

宴席上，吝啬鬼端着酒杯，假作殷勤地说："先生，请喝酒。"

老先生毫不迟疑地端起酒杯一饮而尽，咂咂嘴问："东家，您刚才叫我喝什么？"

吝啬鬼见刚才先生喝酒的姿式，早已大惊失色，惊愕了半晌，才颤声应道："这就是酒啊！"

老先生文雅地说："哦——这就叫酒么？"

吝啬鬼紧张得结结巴巴说不成句了："那、那，您说，这、这是什么？"

老先生捋捋胡须，不禁哈哈大笑，朗声道："我呀，一直把这东西叫做'命根'呢！"

不用说，没过多久，这位老先生就被吝啬鬼找个借口辞掉了。

此后，吝啬鬼挑肥拣瘦一直没有请到他认为合适的教书先生，他的儿子也由于没有受到良好的教育，吃喝嫖赌无所不为。没几年，他儿子就把他辛苦积攒的家产挥霍一空，连他为自己准备的寿棺，也被他儿子卖了抵债。

吝啬鬼活活给气死了。

（黄永东　搜集整理）

劝先生戒酒

　　从前,有一位很有学问的老师,书教得很好,对学生也很负责,可就是嗜酒如命,每次都喝得酩酊大醉,有个叫王生的学生决定设法劝老师戒酒。

　　这天,老师又喝得大醉,人还没到,酒气就冲进了教室,学生见他歪歪倒倒的样子,忍不住放声大笑。

　　老师很生气,把戒尺在桌上敲得"啪啪"响:"不准笑!今天我们对对子,对上的不挨打,对不上的打二十下手心!"

　　王生听后,站起来说:"老师,对不上你打我三十下手心,对上了依我一件事。"

　　老师看看他,问:"什么事?"

　　"请老师戒酒!"王生大声道。

老师手捋胡须，说："好，我依你。"说后，望望窗外，见正在下着细雨，便随口说出个"雨"字要王生对。

王生见窗外正吹着微风，便一语双关道："疯！"

老师以为是风雨的"风"，点点头，又道："花雨！"

王生就对："酒疯！"

老师接着联字道："飞花雨！"

王生冲口而出："发酒疯！"

老师觉得王生在针对自己，本想发作，又觉得学生对得工整，挑不出刺来，只好压下火气，又在原句上加了两个字："檐前飞花雨！"

王生马上就对："席上发酒疯！"

老师脸都气青了，说："好，你对：处处檐前飞花雨！"

王生趁兴对道："回回席上发酒疯！"

老师气得手举教鞭，王生却道："老师，学生对错了吗？"

"这……"老师这才想起，有约在先，如挑不出联中毛病，这鞭打下去，岂不成了出尔反尔的小人？他只好收回教鞭。

又在原句上加了四个字："皇天有道，处处檐前飞花雨。"

王生皱眉不语。

老师以为他对不上了，便道："挨手心吧，我们可是有言在先！"

王生伸出手来，说："老师，不是我对不上来，是怕你生气伤了身体啊！学生情愿挨打也不再对了！"

听了这话，老师不免有些感动，立即丢掉手中教鞭，说："对对子，就是做学问，你大胆对就是。"

王生收回手，说："只要老师不生气，学生就斗胆了！"然后大声道，"祖宗无德，回回席上发酒疯！"

老师听后羞得满脸通红，半天说不出话来，他回家后，立即砸了酒具，果然戒了酒。

（谢荣才）

赊
酒
打
官
司

　　从前,有个一字不识的酒店老板,人们送他个外号叫"瞎老板"。

　　有一天,有个酒鬼来到酒店,对瞎老板说:"老板,我今日无钱,你赊我一壶酒喝如何?"

　　瞎老板先是不肯,后来经不住酒鬼再三缠磨,只好到别家店子借来笔墨纸砚,叫酒鬼自己记账。

　　酒鬼晓得瞎老板不识字,就在账本上胡乱写着:我酒一壶,某年某月某日。写完交给瞎老板。

　　瞎老板倒拿着账本,摇晃着脑袋看了一阵,连声称赞:"好字,好字!"说完,就打了一壶酒给了酒鬼。

　　过了几天,有个过路人也到酒店赊酒喝,瞎老板二话没说,拿出账本,叫过路人自己记账。

过路人翻开账本,只见上面写着"我酒一壶",于是他接着写道:你酒一壶,某年某月某日。

瞎老板见字迹和上回没有差别,也赊给了他一壶酒。

又过了几天,酒店又来了一个客人,瞎老板热情接待,打来了一壶酒。

客人说:"老板,今日忘了带酒钱。"

瞎老板说:"但喝不妨,我这里有账本,你自己在上面记上一笔。"

客人打开账本一看,忍住笑,接着就写上:他酒一壶,某年某月某日。

转眼到了年底,瞎老板盘存酒数,不多不少,整整少了三壶酒。他左思右想,忽然想起自己还有本赊酒的账本子,于是拿了账本,急急忙忙出去讨账。

走着,走着,他忽然想起自己不识字,这三壶酒找谁去讨呢?正巧对面来了个教书先生,瞎老板忙请先生看账本。

先生接过账本,念道:"我酒一壶……"

没等先生念完,瞎老板急忙说:"慢来,不念了。现在咱们聋子卖鸭蛋,一个个地来,把你那壶酒钱给我。"

先生一听,被弄得莫名其妙:"你的账上写的是'我酒一壶',不是我喝了你一壶酒。"

"你刚才还说是你喝的呀!"

"我是照账本上念的……"

这时,正巧本县的县官巡察到此,两人便拦轿告状。

县官令停下轿来,喝道:"大胆刁民,拦住本官去路,是为何情?快快从实招来!"

两个人"扑通"一声,一齐跪下,把各自的理由摆了一通,请县太爷做主。

这位本来就糊涂的县官越听越糊涂,叫道:"呈账本上来,待本县秉公而断。"

县官翻开账本念道:"我——我酒一壶……"县官一愣,心想:我啥时喝过他一壶酒?

正当县官愣怔时,瞎老板心想:县太爷这壶酒钱不能要,若是得罪了太爷,官司就打不赢了。于是讨好地说:"太爷,您但喝无妨,那酒,我不要钱。"

县官听瞎老板说不要他的酒钱,顿时眉开眼笑,接着念道:"你酒一壶,某年某月某日。"

瞎老板听说自己也赊了一壶酒,连忙说:"我自己喝的好说,好说。"

县官又念道:"他酒一壶,某年某月某日。"

瞎老板以为这是县太爷的判决,一个劲地叩头,连声叫道:"对,对,您真是个青天大老爷,我就是为的他那壶酒!"

(柯亚南　搜集整理)

抢饮长生酒

汉武帝为了使自己长生不老,有一次斋戒七天,带领臣僚们来到君山饮长生酒。

当他接过高僧献上的长生酒,刚想喝时,站在他身边的东方朔说:"我认识这种酒,请让我先检验一下真假。"

汉武帝就把酒递给他看,谁知东方朔接过酒就一仰脖子喝了个精光。

武帝勃然大怒,要处死他。

东方朔不慌不忙地说:"陛下,假使您杀死我,就说明这种长生酒不灵验;假如这酒灵验,您杀也杀不死我。"

汉武帝听了,只好宽恕了他。

（吴　凡　改编）

喝出一幅画

一天，唐伯虎与祝枝山结伴出游，来到虎丘，正走得疲乏，猛见竹林隐处有一酒店，两人就踱了进去，一落座就喊快上酒菜。

这是新开业的酒店，店老板是个外地人，见来了顾客，忙笑脸相迎，并殷勤地说开了："敝店备有上中下三种酒，上酒色香味醇，只是价贵，中酒……"

没等店老板介绍完，唐伯虎就不耐烦地说："不用啰唆，上酒五壶，快快拿来！"

祝枝山更大度："酒菜也拣最上等的，不用说价贱价贵！"

店老板连声答"是"。

一会酒菜上来，两人边喝边聊，没多久，五壶酒就被喝光了。

两人全无醉意，祝枝山又喊添酒五壶，菜加海鲜、鱼翅。

店老板一听一愣。他粗粗一算，两个人已喝了十几两纹银的酒菜，如再添加，非数十两不可，看他两人衣着一般，一副寒酸文人相，这酒菜银两……

店老板这么一想，就迟疑了。

见他这样，唐伯虎催道："你是怕我们付不起酒钱是不是？"

店老板连声说："不是，不是。"

他一边吩咐加菜添酒，一边却走到两人身旁，弓腰，小声说："海鲜要现银去买，请两位先将前账结清，如何？"他的话说得很委婉，其实是怕他俩付不出酒钱要赖账。

"好好！"祝枝山边说边伸手摸袋取银，可他伸进衣袋的手拿不出来了，因他身边没带银两，忙向唐伯虎递眼色。

唐伯虎立即领会，也忙伸手去衣袋摸银，也没有。因为他一贯身边不带银两，银两都由书童雨墨掌管，今天走得急促，雨墨又没跟来。

店老板见两人果然拿不出钱来，立时变了脸色，大声嚷道："两位想吃白食，不要看错了店堂！"

祝枝山和唐伯虎面面相觑。

正万分尴尬之时，门边站起一位年轻人来。这人破衣破裤破帽，脚上拖着一双破鞋，腰间还束了一根稻草绳，一副乞丐相。

他竟然朗声对店老板说："店老板，你不用凶，这两位的酒菜银我来付！"

店老板听了一看，心想：你一个乞丐，竟口出豪言？吼道："你有钱？你知道他俩喝了多少？"

"多少呀？"年轻乞丐还是不慌不忙地问。

"三十两！"

"原来只区区三十两银，这么个小数目！"年轻乞丐口气很大地说，"要酒菜银不难，快取来文房四宝侍候！"

他见店老板站着不动，大声道，"快去拿呀！"

店老板也有点懵了，就遵嘱拿出文房四宝，还磨浓了墨，他倒要看看这乞丐如何变出银子来。

这时，只见那年轻乞丐撩起破衣，从中拿出一把纸扇，"啪"一声打开，雪白的扇面，放到桌上。

祝枝山一见，说："我来我来！"他带着醉意拿起笔，信笔挥写，好一手狂草。

唐伯虎接上，画出一枝盛开的山桃花，那花娇艳、水灵，鲜活似真。随即，两个具上大名：祝枝山书、唐伯虎画。

这时，酒桌旁早已围满了人。

他俩一落名姓，众人就嚷开了："原来是唐祝解元公，名人名人。""今日有幸，大开眼界了！"

店老板虽不知唐祝为何人，他见众人如此相敬，也不声响了。

这时，年轻乞丐拿起扇面，高声道："这扇面立卖，定价五十两，谁要？"

此言一出，众人纷纷抢夺要买。

唐伯虎说："慢，此画面还少点东西。梦晋兄，你也添上几笔吧！"

原来，这位乞丐就是大名鼎鼎的张灵张梦晋。

张灵也不谦逊，拿过笔来，细细地描了一会，水墨桃花边立即出现了个绝色佳人，不过他只画了上半身，腰以下在云雾之中，成了"半截美人"。

祝枝山捋着山羊胡子笑了。为何？因为这半截美人神态面容确像一人。谁？唐伯虎新娶的爱妻沈九娘。

扇面有了这美人，欲购者更多了，价也纷纷上涨，从五十两一直加到一百二十两。

这时又听到有人大喊一声："我出二百两！"说着，把五十两一封的四封银两往桌上一摆。

这阔大爷是谁？是文征明来了。

祝枝山说:"文弟,今日巧极,我们四人常想合作一画,今了心愿!"又说,"是否唐弟吟几句美人诗,由文弟用工笔写就,这样可好?"

文征明连说:"好,好!"忙执笔在手,只等唐伯虎吟出妙句来。

唐伯虎也不推托,略一沉思,朗声吟道:"丰姿袅娜十分娇,可惜风流半节腰;却恨画工无见识,动人心处不曾描!"

诗句风趣、幽雅、含蓄,文征明细心地用工笔写就,立成一幅宝画。

(阮嘉明)

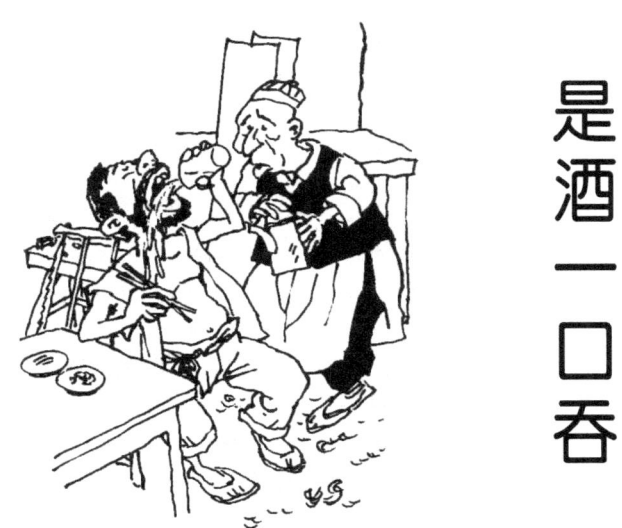

是酒一口吞

李木匠好饮酒。他的酒量和他的木匠手艺一样,在这方圆十里是出了名的。这一天,李木匠到本镇的张老板家扩修柜台铺面,到了吃中饭的时候,李木匠见桌上一无酒二无肉,他晓得张老板手很紧,所以也没吭声,胡乱吃了一点就休息去了。

下午上工以后,李木匠半天没动斧头锯子,好像在找什么东西。张老板急坏了,赶紧问他:"李师傅,天快黑了你还在找什么?"

李木匠两手一摊说:"我的墨斗不见了!"

张老板惊叫一声:"哎呀,墨斗不别在你的腰杆上吗?"

李木匠把头一拍,两眼一瞪:"哎哟,你看我这个人啰,昨天在自家家里喝了酒,没想到今天还在醉!"

　　果然这一着很灵，晚上吃饭，张老板在桌上添了一壶酒。可是，那酒壶把子捏在张老板手里，那只酒杯又浅又小。

　　李木匠也不多说，他一端起那只小酒杯，嘴里就哼哼唧唧的，像是发了毛病。

　　张老板见了不高兴，就问："李师傅，你喝了酒，还哪里不舒服？"

　　李木匠一脸苦相地回答："说来老板听啰，上月在田家湾做活喝酒，小酒杯卡在我的喉咙里面，上不得上，下不得下，差点闹出了人命！今天又见小酒杯，我真是好不担心，恐怕再把酒杯吞到肚子里去。"

　　张老板被李木匠挖苦得哭笑不得，只好叫他老婆换了大一点的杯子，可他只给斟半杯酒。

　　李木匠举杯刚要饮，却又放下，"嘿嘿"地傻笑起来。

　　张老板纳闷地问："你一时愁眉苦脸，一时又发笑，笑什么？"

　　李木匠努努嘴说："贵老板的酒杯与众不同，很有些怪气！"

　　"怪在哪里？"

　　"你家酒杯下半边是装酒的，上半边是供人欣赏的，我说得对吗？"

　　张老板知道李木匠是嫌酒没斟满，只好替他斟了满满一酒杯。

　　李木匠知足了，一仰脖子把酒倒进嘴里。突然，他觉得这酒味道不对，便故意从嘴角边漏出一些酒。

　　张老板见酒流到地上，心疼极了，提醒道："慢点喝，莫把酒糟蹋了！"

　　李木匠很有把握地说："老板莫担心，我做木工活儿有个墨斗，喝酒时喉咙里安了一个滤斗，若是酒，我就吞下去，若是水，我便吐出来！"

（宁发新）

父子发酒疯

　　有这么一家子，父亲和儿子都是酒鬼，比着劲儿喝酒，谁也不服谁。

　　这一天，老头子刚盖好了一所新房子，就在新房里大摆筵席，招待宾客，接受人们的祝贺。因为心里高兴，父子俩放开量，和客人们吆五喝六地大喝特喝起来，不多时都喝得醉醺醺的了。老头子只觉得头昏眼花，看什么东西都是模模糊糊的，出现重影儿；儿子只觉得头重脚轻，天旋地转，坐在椅子上直摇晃。

　　老头子看了儿子一眼，惊疑地说："啊，你小子怎么长两颗脑袋？像你这样的怪物，没资格住我这新房子！"

　　儿子反唇相讥："嘿，就你这破房子，叫我住我都不住——刚盖好就乱摇乱晃！"

（曹宝泉）

拿酒找酒鬼

　　酒鬼儿子晚饭后出去串门,有人因急事找上门来,老父亲说他可能是到张三家去了。来人去了不多久又回来,说没找见。老人又说,要不再到李四家找。来人又跑到李四家,结果也没有找到。老父亲想了想说:"这样吧,你到村里挨门挨户地转悠,闻到谁家有酒味再进去找,准在。"

　　这人于是就按老父亲说的办法去找。无奈村子太大,他摸黑在村里转了半宿,惹得狗吠声不绝,才只跑完三分之一的户数。忽然他想出了一个妙法,赶紧回家拿来一瓶上等的白酒,打开瓶盖,然后一只手举着满街小跑。不多时,果见一个人从一户人家家里奔出来了,一边抽着鼻子一边吆喝:"这是谁的酒?真是好酒……"这人正是酒鬼!　　　　　　　　　　　　(蒋之恭)

醉汉砸「小鬼」

在皖南某个秀美的山区里,有个姓张的青年,是个胆子特别小而又好喝酒的人。一天,他在朋友家里一直喝到深夜,才告别朋友回家。

这时四周寂静,淡淡的月光照着山间的小路。他嘴里哼着时兴的"黄梅",踉踉跄跄地上山,下坡,走了一段山田间石子小路,来到了一个水塘边。

他猛一抬头,迷迷糊糊地看见前边塘埂边,出现了一高一矮两个黑桩:高的大约两尺多,矮的只有尺把高。他顿时一惊,酒醒了一半,浑身不禁起了鸡皮疙瘩。

这条路是他出外回家时必经之路,他熟得很,怎么今夜突然冒出两个黑桩来呢?他站在那儿愣了好大一会儿,咬咬牙,打算趁着酒劲闯过去。

他刚想动步,突然那高一点儿的黑桩升高了,高得有人一样高,而且动了起来,只见它移到水边,顿时传来"哗哗"水响。不一会儿,那黑桩又回到原来的地方,又变得和先前一般高矮了。

小张这下真的吓得酒全醒了。他想:若说是人吧,为什么忽高忽矮;若说是兽吧,又为什么行走时像人一样高。前思后想,不得其解。

他稍微镇静一会儿,自己给自己壮壮胆,又顺手捡了两块大石头,紧紧握在手中,一步一颤地慢慢向前走去。

谁知走到距离黑桩只有十步距离时,那黑桩依然一动不动,他紧张得一颗心几乎提到嗓子眼,不顾一切地声嘶力竭大吼一声:"你是人还是鬼?"随后把手中的一块大石头朝那黑桩狠命砸去。只听"砰"一声巨响,吓得他魂魄都飞走了。

这时那黑桩突然升高,接着只听一声惊呼:"谁?"

原来,那两个黑桩,是一个过路人和一只热水瓶。热水瓶是放在装满稻谷的箩筐里的,因为那人歇在塘埂的半坡处,箩筐被塘埂挡住了,所以夜间只看见人和热水瓶这两个"桩"了。

小张终于回过神来。他生气地问那人,为什么装神弄鬼,故意在塘埂上吓人。

那人说:"我也是赶夜路的,听见后面有声音,回头一看,见来了个黑影,似动非动,便也以为是鬼。但再看看水中映有影子,便知你是人了。"

小张说:"既知我是人,你为什么往水塘里跳呢?"

那人说:"我是到水边洗手的。你看看我这新买的热水瓶,被你砸烂了。"

(汪 昕 整理)

酒后过官瘾

　　这天上午,杭州一家三星级宾馆里住进了一位客人。这位客人姓许,大名观久,五十多岁,生得肥头大耳、白白胖胖,看模样像是个当官的。果然,他在住客登记表上填写的职务是"厂长",来由一栏写的是"旅游"。

　　可是,细心的服务员却发现,这位许大厂长自住进宾馆,就是一副闷闷不乐的表情,到了吃饭时,他不在宾馆用餐,而是到小摊上买一瓶白酒和一袋花生米,独自钻进房里自斟自饮。这哪像一位游山玩水、潇洒气派的大厂长?

　　许观久的确是河南一家电机厂的厂长,不过,一个月前经厂里民主选举,他的官帽子硬是给撸掉了。许大厂长生平有两大喜好,一是爱当官,二是好喝酒。有人曾开玩笑说:许大厂长这两大爱好就好比鱼水关系,当了官就有酒喝,喝了酒才能摆官架、显官威。如今官没了,酒也得自掏腰包去买,你说这不是要他的命吗?自从丢了官,许观久人老了许多,班也不高兴上了,终日在家借酒浇愁。儿女们怕他愁垮了身子,经过一番商量讨论,决定送他到苏杭一带旅游观光,散心解闷。

却说这天中午,许大厂长喝完一瓶白酒,浑身来了劲儿。当了二十多年的厂长,他已养成了酒后即兴演讲、发号施令的习惯。但是眼下,一个人蹲在这空荡荡的房间里,总不能对着墙壁指手画脚吧?于是,他穿戴整齐,抬腿来到宾馆大门的院子里。

说来也巧,一家河南的食品厂也在这家宾馆召开订货会,会后厂家联系了一家旅行社,邀请来自全国各地的八十多位业务员进行为期两天半的旅游。这时候,旅行社的两辆大型豪华旅游车已开进院子,可是,预定出发时间已超过半个小时,业务员们仍没有到齐,甚至会议的组织者也不见踪影。年轻的导游小姐举着喇叭喊来喊去,喊得嗓子眼直冒火,也成效极微。原来这些业务员们走南闯北自由惯了,一会儿上车,一会儿下车,说说笑笑、嘻嘻哈哈,把导游小姐的计划搞乱了套。无奈之下,导游小姐用喇叭高喊:"请问会务负责人在哪里?请配合我们做好工作——"喊了五六遍,却没人应声。

一旁的许观久看不下去了,心想:太不像话了,真没有组织纪律性,不教训教训他们,这工作如何开展?趁着酒劲,他健步走到导游小姐跟前,伸手夺过喇叭喝道:"大家静一静,常言说没有规矩不成方圆,希望大家都去叫一叫朋友,再过五分钟准时开车,没赶上的多多包涵!"

这一喝,大家都静了下来,一个个眨着眼打量着许观久,忙下车找人。五分钟后,除了食品厂的负责人外,业务员全部到齐。

导游小姐感激地望着许观久,把最靠前的座位让给他。许观久也不客气,坐到座位上下令:"开车!"

车子开了,许观久却打开了话匣子,从革命战争年代讲到如今精神文明建设,最后结合自己的经验讲了旅游期间的纪律与要求,直讲得众人大眼瞪小眼,如坠云雾。

第一个景点很快就到了,可许观久没有下车,他打了个哈欠,头一横,居然酣然进入了梦乡……

到了傍晚,旅游车返回宾馆,大门前,那位跟许观久年龄差不多的会务负责人早在伸着脖子迎候。原来,这老兄也是个酒迷,午宴喝多了酒,又摸错房间,呼呼大睡了半天,等醒来时已经日落西山了。

导游小姐下了车,一把握住负责人的手连声说:"谢谢你们的配合,我建议明天你们仍指派这位胖同志协助旅游工作!"

负责人丈二和尚摸不着头脑。导游小姐把事情讲了一遍,负责人半信半疑,到车上一看,乖乖,果然这位"胖同志"在沉睡哩!负责人哭笑不得,拍着脑袋自言自语:"唉,喝酒误事呀!"他哪里晓得,许观久正是喝了酒才帮了他的大忙哩。

至于后来嘛,两个人成了无话不谈的好朋友。许观久回到家中,神采飞扬,像换了个人,第二天,便到厂里报到上班。他开玩笑说:"不当官照样可以过官瘾,何必吊在当官那一棵树上呢!"

(刘金涛)

滴酒不肯剩

有个好酒贪杯者,不管是喝葡萄酒还是烈性白酒,总是举杯一仰脖子,一饮而尽,还要伸出舌头,舔舔胡子,生怕掉了一滴。

他妻子竭力反对他这样喝法,握他身体吃不消。她求他,骂他,甚至在大庭广众场合出他的丑,说他是个地地道道的酒鬼,可就是不起作用。

妻子为了使丈夫改掉这种饮酒习惯,她苦思苦想,终于想到了一个不让丈夫一饮而尽的办法。

妻子在集市上买了一只漂亮的酒盅,底上绘有一个逗人喜爱的小天使,那小天使红艳艳的脸蛋,蓝莹莹的眼睛,还有金闪闪的小翅膀。

吃午饭时,妻子拿出这漂亮的酒盅,斟满了酒,递给丈夫。

丈夫左看右看,看看盅底里的小天使,不由微微一笑,摸摸胡子端起酒盅,一仰脖子,喝得滴酒不剩。

妻子见了,嗔怪道:"喝得这么凶,就不怕上帝的天使吗?"

丈夫笑道:"你呀,真不懂事,我是怕小天使淹死在酒杯里。因为怜惜他,我才把酒一口喝光。"

妻子见一计不成,等到下次赶集时,又到集上买回来一只酒盅,酒盅底上绘有一个令人憎厌的魔鬼,那魔鬼长着犄角,拖着尾巴,面目狰狞,十分可怕。

吃午饭时,妻子取来酒盅,斟满了酒,递给丈夫。

丈夫左看右看,又微微一笑,摸摸胡子,端起酒盅,一仰脖子喝得滴酒不剩。

"可怜的人!"妻子叫喊起来,"又喝得这么凶,难道不怕魔鬼吗?"

丈夫说:"你呀,真不懂事。为了让这个坏蛋连一滴酒也尝不到,我才喝得滴酒不剩!我还没喝痛快,哪能留给他呢!"

妻子双手一摊,叹口气道:"唉,真没办法,这叫狼换毛容易,人改脾气难呀!"

(王铁柱)

酒病没药医

一个叫衣万的女人，找了个丈夫叫万一。

万一是个庄稼汉，经营十八亩农田，一年剩余千儿八百元的，由于好喝酒，酒后又好赌钱，所以日子过得很艰苦。

妻子衣万苦口婆心地劝他，有时还打他嘴巴子。

万一和妻子吵嘴后便蒙头睡大觉，常常三五天不吃饭。事后他对人炫耀："我不怕衣万，我一绝食，她就害怕了。"

衣万听了此话，说："我是怕万一绝食，万一他有个好歹的……"

万一听了拍掌大笑："有衣万就不会出万一了。"

衣万坐月子得了重病，到了年关，万一急得团团转。

衣万说："把猪卖了，年节好过，买几斤肉就行了。你给我买点药,剩下的钱存上,做来年生产的费用。"

衣万怕万一有了钱又乱花,特意嘱咐小舅子陪着万一一起去。

万一卖完猪,打发小舅子先回,他去给妻子买药。

天已过午,他没吃早饭,此时肚子饿极了,见到酒铺禁不住垂涎三尺,想进去大喝一顿,但想到妻子的叮嘱,还是强忍住了。

谁想这时有个酒友拉住他:"进去吧!不会发生万一的。"

"不!我有急事要办。"万一不住地摇头。

"你怕你妻子一万是不是?我请客,进去吧,别当孬种!"

喝酒不怕劝只怕激,万一脖子一仰,跟酒友进了酒铺,一坐下,就猜拳行令,喝了个云天雾地。

再说,衣万为丈夫准备了酒菜,等到掌灯时分才见他摇摇晃晃地回家,嘴里还在说:"这是卖猪钱四百六十元八角,给……"

衣万数了三遍,只有一百六十元:"你腰里还有,快拿出来,又想留着去耍吗?"

万一把大脑袋摇成拨浪鼓似的,酒气喷得衣万直往后退。他说:"你翻翻我的兜,没了!"

衣万给他一个嘴巴:"你又赌输了。跟谁赌的?我去找他们!"

万一被打醒,一拍大脑袋,气急败坏地喊起来。

原来,万一在路上吐了几次,他把钱掏出来当手绢擦嘴,往兜里揣时被风卷走了。

衣万把钱扔在万一脸上,转身回娘家去了。

这次万一痛下决心,对妻子发誓:一定要戒酒!他感慨地说:"结婚七八年,我输七八千,家让我弄穷了。我想贷款买羊,发发'洋'财。放羊风雨不误,可以拴住我的身子,不去赌场,你要相信我!"

毕竟是一夜夫妻百日恩,衣万心软了,叹了口气说:"冤家,你这副样子谁肯贷钱给你?好在我平时还存了四千多元,给你去买羊吧。"

万一乐得眉开眼笑,他又连连向妻子发誓,然后接了钱,兴冲冲地出去买羊了。

衣万自打丈夫走后,便显得坐立不安,焦灼的心像火攻。她突然有了一种预感,万一怕是会旧病难医!衣万午饭没吃,晚饭没做,多次爬到房顶上远望,等着万一回来。

夕阳西下,凉风习习,衣万第五次爬上房顶的时候,蒙眬中她看见三个人赶着黑乎乎的东西由远而近,还听见万一在喊:"我的乖乖,还不下房来圈猪?"衣万骇然一抖,几乎栽下房来。

万一口里喷着酒气,大嘴唇子粘着烟沫子,一股污浊的气流冲得衣万几乎窒息。

衣万强行压着满腔怒气,看那赶进院里的猪:三头大母猪,两花一黑。二十几只小猪崽,花里胡哨,参差不齐,唧哇乱叫。

送猪人嘻嘻笑着说:"一万嫂子,祝贺你们成了养猪专业户。"

衣万死死地盯着万一那发红的眼睛,一声吼叫:"羊?羊呢?"

"我去晚了,去晚了。你看这猪——多棒。"

"谁叫你买的?"恼怒、怨恨、懊悔,充塞着衣万的胸腹,她一声嚎叫,"我们离!离婚!"

"羊变猪,不,猪也能变羊!我、我再不喝酒了!"万一又一次向衣万发誓……

(张奕遽)

喝酒论屁经

赵钱孙李周吴郑王,这八个老同学在一块喝酒。

喝得正高兴时,不知谁放了个屁,呛得大家连忙捂鼻子。这是谁干的好事?大家不由互相开起了玩笑,你说我、我说你,谁也不认这壶酒钱。

最后,当记者的老赵说,他知道这个屁是谁放的。接着,他倒满三杯酒放到自己的面前,说:"要是我说错了,罚我喝了这三杯,要是说对了,在座的每人喝一杯。"

老钱以为老赵是设法儿骗大家喝酒,就说:"别卖关子了,你这是不打自招,先罚你三杯。"

老赵摆摆手,说:"不是我,绝对不是我。要是我,罚我六杯也不多。"

经过一番讨价还价,大家都同意了老赵的意见。

老赵于是就把脸扭向老孙,说:"孙经理,投降吧!"

没等大家追问,老孙就孩子似的伸伸舌头,做个鬼脸,把大拇指伸向老赵,说了句"不简单"便默认了。

一阵掌声和喝彩声过后,大家只好乖乖地同饮一杯。

喝罢,老钱问老赵:"你是瞎猫碰着个死老鼠吧?"

老赵一本正经地说:"不是。不是,这完全是分析判断出来的。"

老钱不信,说:"你别吹,你是咋分析判断的?"

老赵说:"我一点儿没吹,这是职业性质决定的。作为记者,我必须注意观察生活、观察生活中的每一个细节,透过有典型性的细节来揭示事物的本质。一个人有无本事,你不用问他当多大官、存多少钱,只要看看他家电话号码和坐的小汽车号就明白了。凡是末尾数是6和8的,肯定是有权或有钱的,因为'6'是顺,'8'是发,代表吉祥。人人都想吉祥,但吉祥数就那么几个,所以,只好送给有权的或卖给有钱的。普通人就别想吉祥。逢年过节,只要看看拜访的人多少,尤其是看看节前几天给他送礼的人多少,就可以知道这个人有权没权。从一个人上下小汽车的神态动作,可以看出这个人是不是领导。领导,尤其是单位的主要领导,上车不慌不忙、悠然自得,下车不屑一顾,扬长而去。而一般干部,上车慌慌张张,一副争分夺秒的样子,生怕动作慢了司机有意见。下车先回头招呼司机,给司机客气一番或先把司机安排好,才去办别的事儿,唯恐得罪了司机下次不让坐。一个家庭生活好坏,不用进他的房间,只要看看他倒出的垃圾就明白了。有一幅宋人小画,只在画幅上画一宫门,一宫女早起出门倒垃圾,倒的全是荔枝、桂圆、鸭脚之类的皮壳,虽没画灯火笙歌,但宫廷生活的豪华、奢侈却表现了出来。"

老赵讲到这儿,喝了几口水。

这时,在食堂当了多年会计的李芳和在火化场工作的周莉都有同感,并谈了她们的切身体会。

大家你一句、我一句,说得高高兴兴,听得津津有味。待大家把话都说完了,老赵才又接着说:"为什么我能知道这个屁是老孙放的呢? 因为老孙是咱们八个人中唯一的官。"

"啊,我明白了,因为当官的放个屁也是香的。"老吴抢着说。

"你错了,恰恰相反,老孙这个屁比一般人放的屁臭得多,因为他吃的大鱼、大肉、山珍海味比一般人吃的多得多。过去说,屁乃五谷杂粮之气,这已不适用老孙这类官了,这是其一。其二,老孙这个屁与一般人的屁声音不同。一般人直来直去,有话直说,有屁直放,干脆利索,一放为快;而老孙代表的一些官们,心眼儿多,花花肠子多,说话吞吞吐吐,放屁羞羞答答,所以放出的屁声绵延悠长、尖细弱小,听起来活像饥饿的小老鼠凄凄惨惨的叫声。"

老赵讲完,大家一个个笑得前仰后合,老孙知道是在跟自己开玩笑,也笑得十分开心。

笑后,老孙冲老赵说:"我知道你这狗嘴里就吐不出象牙!我这一个屁居然能引出你这么多的屁话!"

随后大家又喝酒。

喝了没几盅,老郑又向老赵提出个问题,说:"记者先生,今天咱八个人中就一个当官的,你判断是老孙,要是咱八个人都是官,那你怎么办?"

老赵"咕咚"喝下一盅酒,说:"简单得很,看看谁是清官,谁是贪官。清官与老百姓一样,贪官嘛……"

老赵话只说了一半,大家就又笑起来。

(朱先贵)

醉 酒 出 丑

醉酒是埋葬人们理智的坟墓。必须节欲，饮酒必须有度。

妻子治醉鬼

　　张三是个生得五大三粗、嗜酒如命的人，三天两头灌得分不清东西南北，回到家里对妻子不是骂就是打。可怜的妻子简直成了他练拳的"沙袋"，浑身上下被打得青一块、紫一块的。

　　一天，张三又在外头喝得醉醺醺的，一进家门就"哇"地一声吐了一地，随后倒地就睡。

　　他妻子见这满地酸臭难闻的污物，想起平时所受的皮肉之苦，不由怒从心头起："平时你打我、骂我，今天我也跟你算一回账，让你也尝尝棍子的味道。"

　　说着，就拿来根绳子，把张三手脚捆了个结结实实，然后操起一根棍子，在张三的屁股上"叭叭叭叭"使劲地打，一口气打了整整三十大棍，直打得张三龇牙咧嘴，杀猪似的"嗷嗷"嚎叫。

打完了,妻子有些害怕了:要是等他弄开绳子,那自己就会像小鸡落在老鹰的爪里——没命了。于是急忙翻找出自己的衣物,连箱子、柜子的门都顾不得关,就连夜逃回娘家去避难了。

第二天一大早,张三就来到丈母娘家门口,把门擂得"咚咚"响,边敲边喊:"岳母开门,岳母开门。"

妻子听了,吓得身子像筛糠似的直哆嗦,心想:这酒鬼十成是寻上门来报仇了。

丈母娘开了门。

谁知张三见了妻子就嚷开了:"老婆,不得了了,昨晚咱家来了盗贼,那盗贼可能是翻箱倒柜找不到值钱的东西,便生起气来,贼胆包天地将我用绳子缚了,然后棍子像雨点似的落在我的屁股上,直打得我皮开肉绽。"说着,还捂着自己的屁股"哎哟、哎哟"可怜兮兮地叫个不停。

妻子一听,差点没笑出声来。

(张苗中)

尿了一裤裆

小马镇长在新河镇威望很高,被人公认为是敢作敢为的真正的男子汉。

小马镇长很能喝酒,一高兴就喝,一喝就醉。他的最初出名,就是源于一次醉酒。

那时小马刚复员回家,正在等待分配工作。那天,他和一个战友正在小餐馆喝酒,刚喝到兴头上,忽然传来一阵刺耳的"救命"声,他抬头一看,只见一个醉鬼正手举菜刀在追杀前面一个人。

小马一见大怒,拿起一个啤酒瓶就追了上去,待接近醉鬼时,他举起啤酒瓶,狠狠地朝醉鬼砸了下去。

醉鬼一个趔趄,重重栽倒在地上。

这时,战友从后面紧紧追了上来,拉着小马的手说:"你闯大祸啦!"

小马醉眼惺忪地说:"怕什么!"

"你知道他是谁?"

"是谁?"

"他是镇长的儿子!"

"啊?"小马的酒立即吓醒了大半,马上和战友一起悄悄溜走了。

没料镇长第二天就上了小马的家,并说要感谢小马。说如果没有小马将啤酒瓶打下去,他的儿子真要杀了人,还不得挨枪子?镇长还说很佩服小马的胆量和勇气,并答应把小马安排在镇政府上班。

从此,小马在镇长的栽培下,职务日渐上升。后来,镇长当了县长,小马就成了镇长。近几日,有官方消息传来,小马又要被提升。

听到要提升,小马镇长高兴得不能自已,他跑到老战友罗副镇长家中,嚷着说心里高兴,要和他对饮几盅。

罗副镇长见小马镇长要喝酒,二话没说,便拿起电话要餐馆送酒菜来。

两个人许久没单独在一起喝酒了,于是痛痛快快对饮起来,酒喝了一盅又一盅,心里话越谈越投机。

喝着,喝着,没料罗副镇长突然趴下了。小马镇长便笑他是孬种,起身想去扶他,却发现自己的身子总也站不直。他心想:好了,我还笑人家,自己的身子也不听使唤了。于是,便打电话要办公室主任来照顾罗副镇长,自己打开门,想趁酒劲上来之前赶回家中。

走出大门没几步,小马镇长忽然想上厕所,可不知为什么,他的两条腿不听大脑指挥,竟然走到了大街上。他嘀咕了句:

"妈的!"刚想转身继续去寻方便之处,没料脖子突然被一只粗筋暴凸的胳膊圈住了。

小马镇长从未被人如此嬉戏过,便用严厉的口吻说:"放肆!"

身后的人急促地喘着粗气,根本不理会小马镇长。

小马镇长恼羞成怒,大吼:"快放手!"

身后的人不但没放手,反把他的脖子圈得更紧,并将一把明晃晃的水果刀抵向了他的脸颊。

小马镇长惊骇了,心想:八成是遇上了歹徒。灵机一动,便想用自己的威严镇住对方,问:"你知道我是谁吗?"

"老子找的就是你!"

"找我干什么?"

"老子要杀死你!"

小马镇长慌了,音调陡然降低,几近哀求地说:"你我无怨无仇,你为什么要杀死我?"

"你污辱我的妻子!"

"什……么? 我污辱你的妻子? 你妻子叫什么名字?"

"你不知道吗?"握水果刀的手,晃了几晃。

"哦……知道。是李芬?"

对方没吭声。

"是王小兰?"马镇长说完又后悔了,王小兰根本没结婚,哪来什么丈夫。

对方仍没吭声。

"是……"

没容他的话出口,对方吼道:"我不许你说出我妻子的名字! 哼,你还敲诈我的钱财,你还……"

小马镇长为了稳住对方的情绪,显得十分真诚地说:"你的钱我一分不留,全部退还给你,好吗?"

"我要杀死你!"歹徒手中的刀又胡乱晃动起来。

小马镇长不甘心就此完结自己的生命,人生还有许多美好的东西在等着他,他不想死!他哀求着:"别……别……"话没出口,忽然觉得有股热流正顺着大腿往下淌。他知道,那憋了许久的该死的尿,已经犯"自由主义"了。

幸好此时有几名干警及时赶到。

只见一名干警毫无顾忌地走近歹徒,轻松地拿走了他手中的钢刀,并将他的两条胳膊反绑起来。

这名干警笑着对小马镇长说:"您别害怕,这是一把儿童玩耍的塑料刀片。"

小马镇长很尴尬,扭头再看歹徒时,更觉无地自容。原来歹徒是新河镇"文革"时期被人逼疯了的精神病人张老头,瘦得像是被风都可以吹倒的纸人。

小马镇长在大街上出尽了洋相的故事,立即在新河镇传开了。有一晚报记者闻知此事,迅速写了一篇报道,题目是:塑料刀现,镇长吓得屁滚尿流;虚惊一场,歹徒并无缚鸡之力。

这篇文章登出后,县长看到了,气得骂娘。

县纪委立即派人调查小马镇长与李芬、王小兰等女人的瓜葛关系和经济上的问题。

小马镇长被停职了,成天呆在家里长吁短叹:"喝酒误事!喝酒误事哇!"

(刘国祥)

铁钉子下酒

　　据说某地有一个人,酗酒如命,白天贪酒且不谈,常常夜里还搂着酒瓶子睡觉。由于这个人喝酒还会翻新花样,所以人们叫他"现代酒鬼"。

　　一天,现代酒鬼打酒回来,看到路边有人在卖螃蟹,心里一喜:这下可捞到下酒的好菜了。

　　可是当时已身无分文了,怎么买螃蟹呢? 他灵机一动,于是就帮着卖蟹人一道吆喝,引来不少买主。趁着人多,卖蟹人忙着张罗之际,他偷偷掰了一个螃蟹腿,便溜了。

　　回到家,现代酒鬼把螃蟹腿煮熟,他舍不得一口吃了,于是舔一下螃蟹腿喝一口酒,喝一口酒舔一下螃蟹腿。

　　喝到半夜,突然停电了,现代酒鬼正喝在兴头上,哪里管得着这些,仍抱着个酒瓶子不放。

一不小心,螃蟹腿掉到了地上,现代酒鬼懒得点蜡烛,弯下身子,用手在地上摸来摸去,好歹捡起了螃蟹腿,啧啧嘴,又喝了起来。

直喝到酒瓶底朝天,他又加了点水,涮了涮,又灌到了肚子里,然后把螃蟹腿轻轻地放在桌子上,打算第二天喝酒再舔。

现代酒鬼一觉睡到第二天中午,起床时无意中朝地上一看,吓了一跳,那螃蟹腿正好好的在地上呆着呢。再抬眼一看桌上,哪里有什么螃蟹腿,只见一枚大铁钉,上面的铁锈都已经被舔得干干净净,成了亮晶晶的了。

（罗颖卓）

剁指戒不掉

　　王臣是王庄有名的酒鬼,他宁肯三天不吃饭,也不能一餐没有酒。

　　王臣喝酒还有个最大的毛病,那就是喝醉了闹事。他杀过猪,性情又暴躁,只要一喝醉,就掂着杀猪刀乱舞,谁见了都怕。

　　他妻子刘芳是位温柔善良、本本分分过日子的女人,为了让丈夫戒酒,她明说、暗劝,不知磨破了多少嘴皮,可是王臣依然还是大姑娘穿她奶奶的鞋——老样儿。刘芳见这日子实在没法过了,就几次三番提出离婚。

　　刘芳第一次提出离婚,那是在去年中秋节。

　　那天,刘芳爹过生日,两口子各骑了辆自行车,带着两岁半的儿子,去给老人祝寿。

刘芳的娘家人都知道王臣有酒醉闹事的习惯,喝到七八成,他们就把酒杯收了,王臣心里不痛快,丢下饭碗就要走。

刘芳说:"你带着孩子先走吧,我晚会儿回。"

王臣把孩子放在后车架上,跨上车子,头也不回地走了。出了村,他自己找了个小酒店,又买了一瓶白酒喝上,喝完就糊里糊涂地上车了,打算继续赶路。

此时,他早忘记了车子后架上的孩子,往后一跨腿,"通"一声把孩子踢出去一丈多远。孩子摔在坚硬的田埂上,只"哇"的叫了一声就不吭声了。王臣迷迷糊糊地脱下上衣,把孩子抱起来,横着往车子后架上一夹,骑着车回家去了。

刘芳从娘家回来,发现父子俩都已睡了,没想走近一看,大吃一惊,只见孩子满脸是血,她吓得急忙抱起孩子直奔镇医院。

幸好王庄离镇上只两里地,很快就到了,值班大夫马上动手抢救。一检查,孩子左臂骨折,颈肌破裂,颅骨损伤,严重脑震荡,大夫说:"再晚送来半小时,孩子就没救了。"

经过打针、输氧、接骨、包扎等近十二个小时的抢救,孩子才脱离了危险。以后孩子在医院又住了二十多天,花了四千多元。

事后,刘芳越想越气,所以孩子一出院,她就提出跟王臣离婚。

王臣不醉酒时还是怕刘芳的,平时也最怕刘芳提离婚,他一个劲地求饶:"你饶我这一次吧,往后我再不喝酒了。"

刘芳说:"这话我听够了!"

王臣又指天发誓:"再不改,我就不是人!"

"不喝酒你还是人,喝醉了你是个鬼。跟半人半鬼过日子,俺母子能幸福吗?"

王臣看刘芳不信自己的话,就从门后边掮出杀猪刀,把右手按在桌子上,手起刀落,"啪"一声把自己右手食指砍断一节,跪在刘芳面前说:"让这个断指作证,以后我要再喝酒,就不配当孩子的爸爸!"

刘芳急忙夺过杀猪刀,心疼地说:"你疯了? 知道改过就算了,谁叫你砍指头啊!"

打这天起,王臣当真两个月没喝酒。

谁想好景不长,两个月后,邻居家娶媳妇,杀猪宰羊请乡亲们喝喜酒,王臣也去了。

平日不喝酒总算硬挺过来了,可这喜酒不能不喝。毕竟两个月没喝酒了,王臣端起酒杯就把自己立下的誓言忘了,酒友们碰到一块,敬酒、碰杯、划拳,三下五去二王臣又喝醉了。

这一醉就出事了。只见他离开座位,对东家大声喊道:"你们明……明知……道,我是杀……杀猪出身,你们办喜事,杀……猪为啥不叫……我?"

东家一看他又要闹事,赶紧上前说好话:"杀猪那天,就想去请你哩,一来怕你忙,二来你已经两三年没杀猪了,怕手生了。"

王臣一听大怒:"谁说我手生了? 我杀给你们看!"说着就摇摇晃晃往家跑,到家掂起杀猪刀跑回东家院里,径直朝东家猪圈跑去。

猪圈里有只老母猪,肚子里正怀着一窝猪娃儿。王臣跳进猪圈,抓住母猪一条后腿,用力一掀将猪撂倒,照肚子上"扑哧"一刀,母猪惨叫着、挣扎着。

大家清醒过来,几个小伙子赶紧跳进猪圈拦他。一个小伙子抓住他的手腕,正要夺下他的刀,却不料,王臣一转身,一刀刺中对方左肋。

就这样,小伙子被送往医院抢救,老母猪流产死亡,东家大喜的日子被王臣搅了个乱七八糟。

事情闹到镇派出所,派出所的周所长亲自找到王臣,严厉地说:"你酒后伤人,性质是严重的,要负法律责任。但念你出事后能主动投案,有悔改之意,我们决定从宽处理,刑事拘留七天,赔偿被害人的损失。"

就这样一来一去，王臣共花去各种费用三千多元，连刘芳结婚时娘家陪送的缝纫机、自行车都卖了。

事情了结这天，派出所的周所长怕刘芳不肯原谅王臣，专程赶来劝说。

刘芳说："周所长，您给评评理吧，俺这日子还能过吗？"

王臣坐在一边，像被判了刑的犯人，抱着头不说话。

周所长说："王臣啊，这可是个沉痛的教训啊！你知道不知道，你戳人家那一刀，离心脏只差一公分啊！要是把人家戳死了，这个小家庭，可真要毁在你手里了！"

王臣一听，又后悔，又后怕，"忽"地站了起来，周所长坐在旁边还没弄清他要干啥，只听"啪"一声，王臣已经把自己右手中指剁下来一节。

他接着往妻子面前一跪，说："刘芳，再原谅我一回吧！这第二个断指为证，往后我要再喝酒闹事，我就不算人！"

周所长觉得可气又可笑，催王臣说："别跪着了，赶快去卫生室包包伤口吧，小心破伤风。"

这次教训之后，王臣确实不再喝酒了。刘芳回娘家借了一千块钱，买了两只猪娃、一群鸡鸭，地里庄稼和家庭副业一齐抓，一年下来粮有粮，钱有钱，小日子过得满红火。

眼看两头小猪长成了两百来斤重的肉猪，刘芳就催王臣把猪赶到镇上卖了，腾出猪圈再养小猪。

这天，王臣推着自行车，赶着两头猪要出门，刘芳追出来说："猪卖了，给孩子买双棉鞋，给我带条围巾。"

王臣怕忘了，回屋写了个纸条：刘芳围巾一条，小虎棉鞋一双。写好，把它装在挎包里，背上挎包就走了。

两头猪卖了一千五百多块钱。

路过镇口小酒馆时，王臣心里又痒痒的，就像上了鸦片瘾似的,怎么也摆脱不了。他反复给自己念叨:过去喝酒主要是喝醉了,管不住自己,今天少喝点,不就没事了吗? 想着想着,那脚就不听使唤了,一下子就拐进了酒馆。

那酒馆不卖散装酒,王臣就掏七元多钱买了瓶大曲,要了两个菜:一盘炒肉丝,一盘麻辣豆腐。他原打算少喝几杯,剩下的酒带回家去,没想到半瓶酒下肚了,还有大半盘麻辣豆腐没吃完。不吃太可惜,干吃菜又没胃口,于是又拿起酒瓶……就这样,豆腐吃完了,酒也喝光了,他从挎包里掏出钱结了账,出门就走了。

王臣长时间不喝酒,猛地喝了一瓶,酒劲上来得快,跨上自行车就像玩活龙一样,左冲右摆。出了镇,骑在田间小路上,他就更把不住车笼头了,一不小心,连人带车摔倒在田里。这块田刚犁过,土很软,他摔下去就晕晕乎乎睡着了,这一觉直睡到了太阳落山。

回到家,刘芳一见面就问:“猪卖了吗?”

“卖了。”

“给孩子买棉鞋没有?”

王臣一拍大腿说:“哎呀,忘了! 你的围巾也没买。”

刘芳说:“没买算了,以后再买也不晚。卖猪的钱呢?”

王臣一摸肩膀,顿时大惊失色:“我的妈呀,挎包丢了!”

刘芳吓得腿都软了:“老天爷呀,两头猪我辛辛苦苦喂了一年啊! 你是不是又喝酒了啊?”

王臣说:“我在路上摔倒了,可能挎包就在那地方,快跟我一起去找吧!”

刘芳说:“路上人来人往的,早被人捡去了,找也没用!”

两人正在争吵,一辆摩托车“嘎”一声停在了门口。

派出所的周所长从摩托车上下来,进了院,手里举着一只旧挎包,问:“王臣,这东西是不是你的?”

王臣高兴地说:"是我的!周所长,你怎么拿着的?"

周所长说:"是镇口小酒馆的老板交到派出所的。他说有个年轻人,喝罢酒把挎包忘酒馆里了,他发现包里有钱,怕失主着急,就马上送到所里来了。瞧,多亏这包里还有张纸条,'刘芳围巾一条,小虎棉鞋一双',不然还真难找哩。"

王臣接过挎包,又惭愧,又感动:"周所长,我真不是人,我今天又喝酒了。"

刘芳在一旁含着眼泪说:"你怎么这么不听劝,真要再喝醉酒闯个大祸,让俺母子怎么活?"

"我不是人!"王臣大叫一声,跑进屋抓起杀猪刀又要剁指头。

周所长一把抓住他的手脖子,把杀猪刀夺过来,说:"别来这一套了!关键问题不在指头上。我替你想个办法吧,去拿张纸来。"

王臣老老实实地进屋拿出一张白纸。

周所长把纸铺到桌子上,说:"把你的右手掌按在纸上。"

王臣把右手掌按在纸上以后,周所长掏出笔,把他的手掌描了下来。然后,指着纸上的图问王臣:"这纸上画的啥?"

王臣说:"我的手。"

"几个指头?"

"三个好指,两个断指。"

周所长说:"你把这个手掌图贴在你的床头上,经常看看它,经常想想那两个断指的故事吧!"

周所长走了以后,王臣真的把手掌图贴在了床头上。

从那以后,王臣彻底接受了教训。他还喝酒,但每次只喝一杯,如果有人劝他多喝两杯,他就举起右手给人家看。小两口勤俭持家,日子过得红红火火。

(孙建英)

借 酒 陈 言

大胆地说话,忘掉一切利害,将自己真心的话发表出来。

酒逢知己

　　龙水镇景坊村小学有个老教师叫赵树声,平时从来不喝白酒的,但这个星期天却破天荒买回一瓶四特老窖,吩咐老婆炒了一碟花生米,独斟独饮起来。

　　为啥? 他心里憋得难受。

　　赵树声年过五十,自打年轻时师范毕业分配到景坊村小学后,一干就是三十年,没挪过地方。尽管至今还冠不上个"长"呀、"主任"什么的,充其量尊一声"学校负责人",但他对这村小学堂依然初衷不改,一往情深。

　　就说这事吧,景坊村小那一幢平房校舍,还是早在社教时就建了的,数十年风剥雨蚀,已是破旧不堪,眼下燃眉之急,是全校两百来个师生共用拉撒的厕所已属危房,急待推翻重建,可再怎么精打细算，材料、工匠、运输等费用得近两千元。

这么点钱，对富足的地方来说，小得连芝麻屑子都不是，但对景坊村小来说，却着实是个天文数字，抠都抠不出。迫不得已，赵树声只好详拟文书，呈报镇政府申请拨专款解决。

不想报告写烂了，鞋子跑破了，日子一天天过去了，倒是离村小不足两里路的镇政府办公楼又翻新了，镇政府那个招待所，豪华设施快赶上国际宾馆了，而镇里对景坊村小的回话，不是推"资金紧缺"，就是拖"待后研究"，硬是挤不出这千把块钱来。

赵树声憋气窝火，忧从中来，这不，今儿个就学着借酒解闷来着。谁知一小盅酒下肚，竟就脸红耳热，眼前恍惚起来。

当赵树声又斟上第二盅，正要下肚时，门口悄然进来一位不速之客。此人身架子结实，不高不矮，穿着普通的灰色夹克，浓眉大眼，目光有神，国字脸上挂着微笑。

他一走进厅堂，便打趣说："嘀，舒心的日子喝舒心的酒，好自在呀。"

赵树声正两眼迷蒙地看着杯中之物，闻听有声，随口应道："何来'舒心'，何来'自在'？我赵某今天是借酒解忧愁更愁哇。"说罢搁下酒盅，抬脸定睛一看，不由眼前"刷"地一亮，惊喜地喊道："哎呀，我当是谁，原来是你老同学大驾光临！什么风把你吹来的？怎么不事先打个招呼？"

赵树声口称"老同学"的这位来客，名叫周雨平，是邻省一个颇有知名度的作家，和赵树声原来是中学里的同学。此刻，赵树声忘情地接过他手中的提包，拉着他坐下，添上筷子，端过酒盅，又给他斟满酒。

周雨平也不推辞，陪着赵树声一连喝了三盅。

周雨平见赵树声光喝酒不吭声，晕晕乎乎的样子，忍不住问："老同学，你说借酒解忧，到底是因何事？"

听周雨平这一问，赵树声不免长长叹了口气，便把景坊村小校舍破旧、厕所墙裂、求款无望之事说了个细。

周雨平挺认真地听着,时不时地还掏出小本本"沙沙沙"记上几笔。

赵树声见状摇摇头,苦笑道:"唉,你听你记又有何用,只不过积累一点创作素材罢了。"

周雨平"呵呵"笑了起来,关心地问:"老同学,这以后你再没向镇里反映?"

赵树声两手一摊:"反映了又怎么样?还不是杂烩汤里的豆腐——白搭。"

"我看未必。世上无难事,只怕有心人。"周雨平说这话时,眼里闪着热情鼓励的光。

赵树声感激而又无奈地望着周雨平,突然,他像发现什么似的,十分激动地对周雨平说:"你坐着,别动。"

他"呼隆"起身,救火似的奔进房里,从书桌上拿起早上看过的一张省报,又旋风般地蹿出来。他看一眼报上的新闻照片,又打量一下眼前老同学的相貌,失声叫了起来:"哎呀,老同学,你的长相太像新来的省长肖天明了,这会儿就连穿着都碰巧是夹克呢。"

周雨平听赵树声这么说,觉得挺有意思,便接过报纸看,看罢也笑了:"像,是蛮像。不过,那又怎么样呢?"

"我问你,你大作家到处搜集素材,今天包里相机带了没有?"

"当然带了。"

"那好!"赵树声兴奋得几乎想跳起来,他一把抓过酒瓶,又要朝喉咙里灌。

周雨平看他好像醉得不轻,劝道:"老同学,不要喝了。"

"喝,我不会喝也要喝。有这杯酒垫底,我什么也不怕了。"话落盅举,他一扬脖子,灌得喉咙火辣辣,呛出眼泪吧嗒嗒,嘴巴里却没歇着:"这就叫:千载难逢,机不可失。走咧。"他晃晃悠悠地拉起周雨平,出了家门,进了村小学,一直走到西角头上一座陋屋前,方才停步。

且看眼前这座陋屋,瓦檩残落,裂墙危哉,除了墙壁上"厕所"那两个像是新刷上去的字还算工整外,其余没有一处不是歪的。

赵树声的忧虑太有道理了!

周雨平倒背着手,绕着厕所转了三圈,炯炯的眼神里悄然闪过一丝沉重的惊诧。

赵树声全然没有在意周雨平的这种神态,他喊来学校一位同事,然后拉着周雨平,在厕所前照了几张合影。

说来也真天顺人愿,周雨平的照相机是"宝利来"即时成像机,只一会儿的工夫,赵树声与周雨平的彩色合影就显现出来了。

赵树声拿着照片左看看,右瞧瞧,手颤抖了,声音哽咽了,他动情地说:"雨平,为了学校,为了孩子们,我今天豁出去了。我决定再次向镇里打报告,附上这些照片,你这位'肖天明省长'和我这穷教员在破厕前合影,'微服私访'的'肖省长'尚且如此心系我们景坊村小,镇政府那些头戴乌纱帽的先生们,岂可再无动于衷呢?"

啊,一切全明白了。

周雨平忽然感到眼眶有点潮湿,他什么也没说,只是一把握住赵树声颤抖的手,紧紧地、紧紧地握着。

这以后,大概是四特老窖后劲凑起热闹吧,赵树声只记得送了一张照片给周雨平作纪念,至于后来怎么送别老同学,那就全没印象了。

直到第二天早上,赵树声一个激灵醒转过来,才见自己是躺在家里的床上,不由猛地坐起。他一抬眼,便看到书桌上那几张和老同学的合影照片,于是脑子里又风车转似的想起昨日之事,赶紧跳下床来,火速依计行事。

果然,赵树声这一次上书,还真是出奇制胜,镇里收到报告的当天,镇党委书记就亲自来到学校,不仅如数拨下了公厕拆建经费,而且还增拨专款用作校舍修缮。

一年多的奔波、苦求、企盼,突然一下子有了结果,赵树声自然喜得合不拢嘴。但他乐极生悲,很快又犯起了新愁:那张照片上的"省长肖天明",毕竟是假冒的呀。自己当时求款心切,一时冲动,蹦出这么个奇术怪招,虽说个人铤而走险已有思想准备,但这事情终究要露馅,那将会影响学校的名声啊。想到这一层,赵树声的双眉不由又打起了结。

这不,怎么也想不到,麻烦事会来得这么快。有消息说,市报将于近日头版头条刊登省长肖天明微服私访景坊村小的事,并要配发他与村小教师赵树声的合影照片。题目也有了:务必切实重视农村基层教育。

天哪!赵树声得知此消息,脑子里"轰"的一响,额头渗出了冷汗。

这一夜,他心潮起伏,彻夜难眠。最后想定:既然事已至此,我赵某一人做事一人当。眼前刻不容缓的,倒是要赶在那文章见报之前,迅速向报社告之原原本本的真相,我甘愿接受组织上任何处分,但求上级千万别收回给学校的这批拨款。

翌日上午,校园里格外沉寂,赵树声像交代后事似的,默默地向同事们移交工作,准备进城直接找报社老总,讲清事情的来龙去脉,大有"壮士一去兮不复返"之悲壮。

说巧也真巧,就在这时,报社总编辑老刘正好带着那篇"重头稿子"的清样来到学校,为慎重起见,他是亲自到学校来核实几个人名的。

校长室里,赵树声一伸脖子,看到那图片正是自己和周雨平的那张合影，心里"咚咚咚"直敲小鼓，他一咬牙，开门见山说出了来意。

哪知道，听完赵树声的"坦白交代"，刘总不但没有对他来一番声色俱厉的批评教育，反而露出满脸的迷惑："赵老师，您……您有没有弄错了？"

"弄错？"赵树声一愣。

"是啊，和你合影的人，确实是新任省长肖天明同志。"

"不，不，这绝不可能。"赵树声痛心疾首地大声说，"假可乱真啊！刘总，我当时亲身所在，都是两个大活人哪，还能弄错？"

"赵老师，您先别忙着激动。"刘总扬着手上的报纸清样说，"仅对这张照片的真假而言，有一点可作权威性的解释：这照片本来就是肖省长本人亲自交代市委领导转报社刊发的啊。"

说到这里，刘总推了推眼镜，风趣地问道："赵老师，听说你那天酒后，不是送了一张合影给肖省长作纪念么？"

"是咧！"赵树声惊得张大了嘴巴，顿时如梦中乍醒，百感交集，惊喜万分。

原来，龙水镇政府挪用教育经费造楼盖馆的事，省里已有耳闻，并且此风在全省已有蔓延之势。新任省长肖天明决定把龙水镇作为突破口，狠刹此风。

那个星期天，他从市里下来，一路微服私访，到达龙水镇，耳闻目睹，情况比想象中的还要严重。镇上人几次提到赵树声的事，肖天明索性直奔赵树声的家，准备好好与他聊聊，正好看到赵树声在厅堂里心事满腹，独饮独斟，便信步跨了进去。世界之大，如此奇巧，肖天明的容貌长相，竟同赵树声那位叫"周雨平"的作家老同学极为相像，加上赵树声那会儿已醉眼迷蒙，这便一眼就认错了人。

当时,肖天明只想把事情了解清楚,便将计就计"合演"了这出戏。其实,那天他离开赵树声家后,随即又回到龙水镇,找镇委领导谈话。回省里后,他又马上召集主要领导开会,专门讲他的龙水镇之行。那篇"重头稿子",正是肖省长的秘书所写。

消息顿时就传开了去,小小村学堂一下子沸腾了。

有个老师对赵树声打趣道:"老赵,喝酒不是好耍啊,看你这回,把大省长都认错了。"

赵树声擦把热泪,掏出那张合影照当众一亮,激动地说:"那是酒逢知己哪!"

(陆根如)

君子之交

　　某厂新上任的年轻厂长小夏和作家老尚,既是忘年之交,更是君子之交。他俩隔三差五就要聚到一起喝酒聊天。小夏在厂里遇到了大事和难办的事,就找老尚参谋,老尚也不见外,常是咋想咋说,直言不讳。

　　有一次,小夏对厂里的干部情况进行调查了解后,想对中层领导进行一次大的调整,基本思路是年轻化——五十岁以上的一刀切下,养起来。

　　方案出台前,小夏找老尚商量。老尚照例花生米、豆腐干、炒鸡蛋、酱牛肉、冬夏酒招待,照例是边喝边议。

　　议到最后,老尚给小夏讲了一个故事:

　　从前,城西有个秦生财,靠牧羊为生。开始,羊群常遭野兽侵袭,后来秦生财就养了一条狼狗看护。这条狼狗凶猛异常,成群的恶狼几次被它咬得一败涂地。从此,只要这条狼狗在,羊群就安然无恙。若干年后,这条狼狗老了,老得上不了山了,秦生财就把它锁在家里,让一条小狗随羊群上山。这条小狗也很凶猛,但不论它如何狂吠,总抵挡不住恶狼的侵袭。出于无奈,秦生财就每天用筐将老狼狗抬到山上,放到羊群附近,老狼狗不时叫几声,恶狼就再也不敢接近羊群……

小夏听了老尚的话,改变了原来的主意,调整中层领导时,既看年龄更看德才,能留任则留任,不能留任的区别情况,安排他们任厂长助理、营销顾问之类的虚职,使各方面人的积极性都得到了充分发挥。这年,虽市场疲软,但厂里的经济效益却创历史最高水平。

第二年,试行厂内市场,可方案出台不久,就接连发生几起钻规定空子的事情,忠于职守的职工的积极性曾一度受到挫伤。小夏十分生气,几次大会公开批评这种钻规定空子的现象,可是,你批评再严厉,钻规定空子的事和人仍有增无减。

小夏十分苦恼,就把老尚请到家里商量咋办。小夏也照例花生米、豆腐干、炒鸡蛋、酱牛肉、冬夏酒招待老尚,照例边喝边议。

议到最后,老尚又给小夏讲了个故事:

从前,有个人养了一只猫,让它看管粮仓,猫尽职尽责,日夜监守,老鼠偷不到粮食,一个个饿得精瘦。一只老鼠冒险偷粮,未到粮仓,就被猫逮住。猫将老鼠送给主人,以为会得到主人的重赏,哪知主人却嫌猫抓的老鼠瘦小,只奖给它一根鱼刺。猫因此改变了主意——远离粮仓睡大觉,让老鼠尽情地糟蹋粮食。待老鼠养得又肥又大之后,猫逮住了一只送给主人,果然得到主人一条大鱼的奖赏……

小夏从老尚讲的故事中悟出了一个道理:当领导,不能光怪下属钻规定的空子,应考虑自己的规定是否合理、严密。苍蝇是不叮无缝鸡蛋的。于是,小夏重新组织人员征求意见,完善方案,不仅杜绝了钻规定空子的现象,年终效益也翻了一番。

面对厂里的巨变,小夏觉得应该好好招待招待老尚,以表谢意。一个周末的晚上,小夏和厂里几位主要领导一起将老尚请到本市最豪华、最高档次的皇家酒楼。

小夏说:"老兄劳苦功高,今儿个咱也潇洒一回,开开洋荤,尝尝那些蛇蝎鳖肉到底是啥味儿。"

老尚望着餐桌上的山珍海味,诙谐地说:"君子之交,不必客气,这些东西的味道,乡下的蚊子早尝过了。"

接着,老尚又讲了一个蚊子请客的故事:

农村蚊子和城市蚊子交了朋友,双方都客气地要宴请对方。先是农村蚊子宴请城市蚊子。农村蚊子将城市蚊子带进一农户家,挑选了一个干净、体形丰满的女主人美餐了一顿。宴毕,农村蚊子问城市蚊子味道如何,城市蚊子满意地说:"味道纯正,典型的人味儿。"农村蚊子解释道:"这个女主人吃的都是五谷杂粮,所以只有人味儿。"第二天,城市蚊子宴请农村蚊子,城市蚊子想:不能对不起朋友,得让朋友吃好点。于是,城市蚊子就选了一个白白胖胖、水水灵灵的厂长让农村蚊子享用,可农村蚊子吃了半天,却吃不出人味儿。农村蚊子不客气地问城市蚊子是咋回事,城市蚊子抱歉地说:"对不起,我光想让你吃好点,没想到,这些人天天吃飞禽走兽、蛇蝎鳖肉,他们就没一点人味了。"

小夏和几个副厂长听后都笑了起来,笑后,小夏又让酒楼给摆上了他以往在家里招待老尚时的"老一套":花生米、豆腐干、炒鸡蛋、酱牛肉、冬夏酒……

(朱先贵)

醉翁之意

县土地局干部李善友，论工作，无可挑剔，他每天最早到办公室，又是打开水，又是扫地，理报纸，擦桌子，下班又总是最后一个走，每天都是他关的门。

李善友不爱说话，做事谨慎，老实得像只田螺，连同局长说话也不敢抬头。他只知道死干，什么名利都不去争，所以单位的人都称他"傻蛋"。

但李善友也看不惯那些动辄找局长岔子、不买局长账的人，他认为，依顺局长准没错，老实人总不会吃亏。

这年秋天，局里宿舍楼竣工。人多房子少，新房怎样分配，局长为此伤透了脑筋。

这时候单位里可热闹啦：有的人给局长送礼，"请多多关照";也有的竟敢拍局长的桌子:"新房要是没我的份,你走着瞧。"

李善友既不送礼,也不吭声,他想:论工作,他最积极;论困难,他一家人挤在单身汉宿舍,也数第一;加上他那么听局长的话,从没得罪过局长,这次分新房准有他的份。

然而,事情恰恰和李善友想的相反。有一天,他偶然从局长文件夹中看到分房方案,那些送礼的和拍局长桌子的人名单上个个都有,找来找去,就是找不到他"李善友"三个字。

李善友仿佛第一次认识这局长,觉得老实人吃亏了,顿时气得浑身热血直冲脑门,咬咬牙,铁了心要找局长算账。

就在这时,局长走进办公室,对他说:"小李呀,下午跟我下乡。要准备住夜。"

李善友想拒绝,可话到嘴边却吐不出来,他心里恨透了局长,可还是乖乖地替局长提包包,跟着下了乡。

有人戏说:上级是父亲,下级是儿子。局长下乡,乡土地所这些做儿子的干部们自然要摆开酒席,孝敬一番了。

为局长接风洗尘的"战斗"一打响,顿时觥筹交错,起坐喧哗,好不热闹。

李善友因分新房没份,闷闷不乐地坐在局长旁边,任人家怎么劝酒,费了多少口舌,总是滴酒不沾。

局长是个酒君子,每次都要尽兴方休,今天见李善友这副模样,顿时冒了火:"这男子汉大丈夫,咋像个女人,忸忸怩怩,简直给我们局丢脸嘛!"

此话一出,全桌人顿时一阵哈哈大笑。

李善友又羞又气,再也按捺不住了。他"嗖"地站起来说:"这喝酒,谁怕谁?"说着,从桌底下提出两瓶白酒,将其中一瓶"砰"地往局长面前一放:"有本事,一口气,'吹喇叭!'"说罢,"啪"打开自己手中这瓶,一仰脖子,"咕嘟咕嘟"一口气倒进肚子里,把在座的人看得目瞪口呆。

局长觉得有失面子,沉下脸说:"充什么好汉? 有能耐喝两瓶。一瓶,我才懒得跟你喝呢!"

大家见了这架势,赶忙劝和,都说李善友醉了,叫局长不要跟他一般见识。

此时,只见李善友脸红脖子粗,一副飘飘然的样子,胆子更大了起来,竟指着局长的鼻子骂道:"你不要官大一级压死人,这瓶酒你不给我喝下去,我和你没完。"

局长见李善友真醉了,怕闹出事来,赶紧和几个人一起,拉拉扯扯送李善友到乡政府招待所休息。

到了招待所,其他人都走了,李善友歪斜着身子把门靠上,操着转不过弯的舌头,两眼盯着局长:"你不要把我当傻瓜,你以为你做的事我不知道? 局里给我配的那辆新自行车,你借去几天,结果还给我的竟是辆旧车。新车被你小舅子骑着上学去了,对吧!"

局长心里一惊:谁说这家伙是傻蛋,心里其实明白着哩! 他赶紧抱李善友扶到床上,又是倒开水,又是敬烟:"你醉了,还是早一点休息吧,休息吧。"

哪知醉汉抬举不得,局长越是敬他,他越发撒泼:"你别来这一套,我没醉。年初,跟你去一趟南京,买一百套服装,我偷偷问经办人,单价是每套五十五元,可你回来报销的是每套九十五元。五大纸皮箱,老子驮上驮下,你把我当猪脑啊?"

顿了顿,他又说,"你的事儿还有。有一天晚上,我看见张护士去你家,我跟着到你家,却不见她的人影儿。当时内间发出一阵声响,你骂该死的耗子,你以为我那么傻吗? 张护士的高跟鞋在你茶几底下,用报纸盖着,可没盖严实……这里面没有鬼吗?"

说了这些后,李善友突然瞪着两只发红的眼睛骂开了:"操你姥姥,你把我看扁了,房子竟敢没有我的份。你不要欺人太甚了！狗急了还要跳墙,蚯蚓断了还会跳三下呢!"

李善友一字一句地骂完,往床铺上一躺,四脚朝天,打起了呼噜。可局长却被他骂得脸上一阵红、一阵白,连衬衣都湿透了。

第二天,局长很早就起了床,他轻轻地拍了拍李善友的被子:"小李呀,快起床吧,洗脸水给你打好啦。"

李善友搓揉着两只眼睛,坐了起来:"啊呀! 我怎么在这里? 我是怎么来的? 昨晚我喝醉了吗? 我出洋相了吗?"

局长说:"没有——没有——你睡得很好。"

接着,局长亲切地说:"我说小李啊,我们单位宿舍楼盖好了,你干了那么多年,住房又那么困难,我想应该优先考虑你的问题嘛。那几套房子,随你挑一套,你看怎么样?"

李善友说:"局长,我不敢当啊!"

局长说:"哎呀,你就不要客气了嘛!"

吃完早餐,局长的小车已经启动,就要返回县城了。这时,出来送行的土地所所长把李善友拖到旁边,轻轻地说:"昨晚感觉怎么样? 你喝的那瓶是白开水,只不过加几汤匙酒,有些酒味罢了。这几天我感冒不能喝酒,是我用来对付局长的。"

李善友只笑了一笑。昨天晚上李善友是真醉还是装醉,只有他自己心里清楚。

（谢元清）

醉汉擒贼

新武市南关街有一家"斯为美"酒店,由于酒店人员烹调技术高,服务态度好,因此远近闻名,整日顾客盈门。

这一天,酒店里来了一位年近花甲的老汉。老汉挑了一个临街的座位,要了一碟花生米,一瓶"宋宫御液",便旁若无人地自酌自饮起来。

这老汉左一杯、右一盅,喝了一杯又一盅,不一会儿,一瓶酒喝掉一大半。

服务员连忙走过来,轻声慢语地劝道:"您老慢喝,酒喝猛了伤身子。"

老汉抬起头,左右看看,和气地答道:"承教,承教,我喝惯了的,不碍事。"说完,又左一杯、右一盅地喝起来,不一会,就变成了"红脸关公"。

酒店经理见此情景,赔着笑脸劝道:"这宋宫御液是当年大宋皇宫里的御用酒,喝起来沁香可口,可实在比武松在景阳冈下喝的那'三碗不过岗'酒还有劲儿。酒喝多了伤身子,您老可要适量啊!"

没想到酒店经理的这句话,却惹恼了喝酒老汉。

老汉瞪起血红的眼睛嚷道:"才喝这半瓶酒,怎么就数茄子、道黄瓜地教训起俺来?开店的不怕大肚汉,就喝它三瓶五瓶、十瓶八瓶,还能醉倒俺?"

老汉说着,猛地掏出一叠叠大团结,"啪啪啪"地往桌子上甩:"俺有的是钱,还怕欠了你的账吗?"

说罢,又一杯接着一杯,更加暴饮起来。

那老汉喝完酒,出了酒店,就一路摇摇晃晃、东倒西歪地耍起醉拳来了。

大街上,人们看老汉醉成这模样,有的摇头,有的讥笑,有些好心的妇女说:"你看他走路脚跟不稳,准会出事,你们谁快上去扶他一把。"

于是,就有个学生模样的青年走过来。谁知没容他到跟前,老汉就"叭"一下摔在了地上。

那学生急忙弯腰想搀起老汉,猛听得身后有人喝道:"慢着!我爸爸兜里有钱!"

那学生闻声,扭头一看,就见后边奔来一个二十出头的小伙子。

小伙子鼻梁上架着副细边细腿儿的新潮眼镜,来到跟前儿,一边埋怨说:"爸,你怎么又喝多了?"一边弯腰来搀扶老汉。

无奈老汉身高马大,那小伙子站在他身边,就像蚂蚁撼树,怎么也搀不起来。学生见了急忙伸手相帮,总算把老汉扶了起来。

可老汉刚站起来,就一甩臂膀,把两个年轻人摔开老远,自己又跌跌撞撞往前走去。两个年轻人还要去扶,老汉就是不要他们帮忙,一个人摇摇晃晃继续往前走,两个年轻人于是就在后面跟着。

就这样,又走了一程。戴眼镜的小伙子觉得过意不去,就对学生说:"不好意思,已经够麻烦你了。你有事,去忙吧。我陪我爸回家去。"

戴眼镜的小伙子坚持一个人护送老汉往前走。

走到一家大门口,只见老汉一个趔趄,又摔倒在地上。戴眼镜的小伙子忙弯下腰,嘴里说着:"爸,你咋喝成这样呀?"边说边就伸手在老汉身上掏,掏了小兜掏大兜,掏了上兜掏下兜,里里外外、上上下下掏了个遍,就是不见一分钱。

小伙子急得额角沁出了汗珠珠,心里在叨叨:钱呢? 钱呢?

正在这时候,只见后边赶来一位束着白围裙的食堂大师傅,一边赶,一边喊:"老同志,你丢了钱,给你钱!"

戴眼镜的小伙子一看,心里想:怪不得兜里空空的,原来这老汉兜里的钱丢在了酒桌上。

戴眼镜的小伙子急忙迎上去说:"钱? 给我吧!"

大师傅瞅瞅他,说:"不,不是你的,是这位老同志丢的。"

戴眼镜的小伙子忙说:"他是我爸爸。"

大师傅怀疑地看看他,不放心地问:"真是你爸爸?"

戴眼镜的小伙子看大师傅态度犹豫,一边亲昵地挨近老汉,去拉他的手,一边嘴里说:"爸爸还有什么假的?"

可是,他一个"假"字未说完,神情突然起了变化,先是脸色突变,接着头上冒汗,再一会儿张嘴瞪眼,手被老汉紧紧攥住,疼得直流泪。

他咬紧牙关,使劲想把手往回拽,可是那手却像被铁箍箍住了似的,怎么也拽不回去。

　　就在这时,只见老汉猛地坐了起来,"嘿嘿"冷笑着对他说:"想做我的儿子?那就乖乖听我的话,到派出所去坦白交待!"

　　戴眼镜的小伙子一听,愣住了,抬头一看,眼前正是派出所的大门口,两个警察已经走了过来。

　　原来,这老汉和大师傅是两个退休老公安,都是故意装扮的。他们听说南关街有人骗人钱物,就设下了这个智擒诈骗犯的巧计。

(马文广)

酒迷立功

　　星阳县汽车运输公司有个司机叫牛大角,他别的毛病没有,就是爱贪几杯烧酒。别的司机是开车不喝酒,而他却是喝不好酒不开车;别的司机上路,水壶里装的是水,而他水壶里却全是酒。按他自己的话说:这辈子离了啥都行,唯独离不了酒。

　　你别看牛大角平时喝得东倒西歪的,可一抓方向盘却像换了个人似的倍有精神。他开车二十多年,还从未因喝酒误过事。因为他喝酒后老是迷糊着眼,大家就送他个外号:酒迷糊。

　　且说这一天,酒迷糊奉命开着"新东风"去山东拉鸭梨,第二天回来过黄河大桥时已是傍晚时分。这时,他酒瘾犯了,可下意识地摸一下水壶,壶中早已空空如也。没法,他只好把新东风往路边一家饭店外面的停车场一停,走进饭店要了两瓶"张弓大曲",“哧溜哧溜”喝了起来。

这时正值晚餐时分,南来北往的车辆很快停满了停车场,饭店里也随之热闹起来。

不大一会,酒迷糊一瓶张弓大曲下肚,他把另一瓶倒进壶中,准备起身。谁知刚站起来,就感到头有点晕乎,他以为是酒喝得过猛所致,也没在意,便摇摇晃晃来到停车场,取出钥匙打开车门。上车后,他将钥匙一拧,油门一踩,车子就“呼”地一下离开了停车场。

酒迷糊一路马不停蹄,回到运输公司时已是午夜时分。他将车停到公司的停车场,锁好车门,回到宿舍,一觉睡到天亮。

第二天早上,他起来卸货时,傻眼了:一车鸭梨不知啥时竟变成了方便面。他再一瞅:坏了,昨晚迷迷糊糊的,竟把和自己新旧差不多的辽宁的一辆东风车开了回来。

公司领导见事关重大,马上将这一情况报告了公安局。公安局来人打开方便面箱子一检查,里面装的竟全是“红塔山”,而且经工商局检验,这批红塔山全是假烟。

公安局根据这一线索展开侦破,很快查获了一个制造贩卖假烟的犯罪团伙。

噢,你们要问酒迷糊咋会开跑别人的汽车?原来汽车门锁也和别的锁一样,生产若干把后便会重复。为防发生问题,汽车制造厂卖车时,尽量把锁型相同的车不发往同一省。而事情巧就巧在:辽宁和河南两辆钥匙相同的车靠在了一起,而且新旧又差不多;辽宁的司机下车时,把发动机钥匙留在了车上,酒迷糊错把这车当成了自己的车,很容易便开跑了。

(刘　德)

谢绝请酒

老张的顶头上司，是厂里有名的好喝酒，人称"好呷科长"，老张见到他就想回避，偏偏他一脸儿笑，很热情地朝老张打招呼。

这不禁让老张想起了六年前的事。

当时，老张的儿子上了公安大学，好呷科长说老张这个没进过学堂的做工佬，居然培养了个大学生，这不单是张家的喜事，也是全厂的喜事，这样好的喜事，马虎不得，于是硬拖着老张上迎春酒家。老张咋敢不答应，可一喝就让老张喝掉了两百多元钱。好呷科长却嘴儿一抹，拍着老张的肩说："老张，酒真好，真好……"说着，站起来摇晃晃地朝外走了。

现在，好呷科长又朝老张走来了，咧着嘴儿笑嘻嘻地说：

"老张,我在这儿等着你呢,走! 咱俩喝两杯去。"

老张心儿一紧:唉,今日领的工资又要变成灰了。

可好呷科长不管三七二十一,一把拖着老张上了迎春酒家。

好呷科长是迎春酒家的常客,他大大咧咧地在店堂里找了个安静的地方坐下,像吩咐自家人似的唤来酒家的老板,并把点菜牌朝老张面前一放:"今天哥俩喝几杯,你爱呷啥,点啥。"

酒店老板提来白沙液,老张仍然望着菜牌全身发怵,始终不敢把手指到菜牌上。

好呷科长看老张不动手,笑哈哈地接过菜牌,说:"我来代你点几样下酒菜。"

老张心思沉沉地傻呆着,耳朵却在听他点的菜名。

只见好呷科长点了一道又一道。

老张急了,忙说:"科长,够了,够了。"

好呷科长说:"你儿子提拔到交警队当官了,我心里为你高兴,多吃点应该的。"

待酒菜上桌,老张还没开口请吃,好呷科长自己已经吃了起来。

老张抿了口酒,都说白沙液美味香醇,咋啦,酒一进老张的嘴,好苦辣哟。

好呷科长夹上一筷生鱼片朝老张碗里放:"莫斯文,吃!"

好呷科长大口大口喝酒呷肉,还用眼儿瞟着老张:"兄弟,你出头哩,儿子当了官,又有大学文凭,今后前程无量啊。"

他端起一杯酒朝嘴里倒,"咕噜"一声一杯酒眨眼入了肚。他把头凑到老张耳边,悄悄说:"兄弟,真神面前不烧假香,今天喝酒我请客。"

老张一听,心里说:你请客? 在玩啥名堂。这么一想,老张更加坐立不安了。

"你儿子为你光宗耀祖,我儿子呢,尽把尿盆子朝我头上扣。"好呷科长夹了一块肉放到老张碗里,"他驾别人家的车子玩,闯了祸,人也被交警队扣着啦。这件事由你儿子处理我的儿子,你老哥不看僧面看佛面……"

老张这才明白了,他站起来说:"你有话就直说吧。"

"好!我就是要兄弟这句话。"好呷科长也站了起来,"我痛快点说,要你的崽手下留情……"

老张看了他一眼,想了想,回头朝酒店老板大声喊了句:"老板,算账!"

老张结账付钱,走出了酒家,口袋里虽然瘪了,但他心里却觉得从来没有过的充实,阳光照在身上,也感到格外暖和。

(郭荫生)

「三不」方针

　　贾老师平反复职之后，吸取沉痛的历史教训，他给自己制定了为人处世"不多话、不乱动、不交友"的"三不"方针。直到退休，没人评价他的功过，他对任何人也没是非之分。

　　不料退休之后，他总觉得全身不适，去医院一查，被判了个"肝癌死缓"。这突如其来的信息，使妻子痛不欲生，他却摇着头说："别大惊小怪的，大不了一口气上不来。不过，我想用看病的钱请客！是第一次，也是最后一次。"

　　妻子听了，不禁愕然，根据"三不"方针，他哪有客人可请？但此时此刻，也只好依着他了。

　　贾老师说要请的客人，原来就是余强、马杰和罗浩，这三个人过去是他的学生，现在是他的顶头上司。客人们到齐之后，互相打趣说:"抓住机遇,一饱口福,今天咱们要狠狠啃'老憋'一顿!"谁知待饭菜端上桌,他们一看,尽是家常粗菜,顿时觉得十分扫兴。

这时候贾老师举起了酒杯:"来来,大家喝一杯薄酒。"

"不,你不能喝!"三个客人忙劝住他。他们知道,贾老师平时滴酒不沾,何况今日。

可贾老师不顾劝阻,一仰脖子来了个"一口闷",脸当即红了。

客人们只好陪个杯底朝天。

贾老师开口道:"鸟之将死,其鸣也哀;人之将死,其言也善。我将与这个世界告别了,想说句心里话,权当临终遗言吧!如果说得对,你们干杯;错了,你们千万别计较。"

客人们心里很不是滋味,嘴里喃喃道:"老师请讲,老师请讲,我们洗耳恭听!"

贾老师说:"好,我先来个知无不言,言无不尽;你们来个有则改之,无则加勉。"说着,又一个"一口闷"。

两杯酒下肚,贾老师已是晕晕乎乎了。三个客人劝他少用酒,免伤身体;多提意见,听者好做人。

贾老师说:"那我就不客气了。余强,你身为一校之长,我问你,一年之内你到班级去过吗?教师生活关心过吗?教学质量过问过吗?你可知道背后群众说你是'三觉校长'?什么"三觉"?早上睡个蒙头觉,白天睡个大午觉,晚上早睡觉。你像个头头脑脑吗?"

一席话,说得余强的脸由白变红,又由红变紫。但余强没动火,只说:"老师一针见血,我干杯。"

"马杰,"贾老师又扭过脸去,"你身为教导主任,可你对教学工作漠不关心,至今仍有'白板班'、'二梯队'、'三不要'学生,背后群众说你是'三公主任':早上是包公,黑着脸训人;中午是关公，吃酒脸红脖子粗；下午是济公，酒后就失态！"

马杰第一次听到这么刺耳的话，心中怒火腾腾，但眼下他也克制住了，举杯一饮而尽。

"说我吧。"罗浩十分主动。

"你，"贾老师眼红了，"群众对你意见最大！你是会计财神老爷，可你揽住工资存银行，拿了利息再发放，拿着公款请客又送礼，假公济私不自量。群众公开说你是'三伸财神'：嘴伸进餐馆里，手伸进保险柜里，腿伸进监狱里。早晚逃不脱！实说吧，检察院有一封举报信，是我写的。如果不冤枉你，你干这杯酒！"

贾老师这番话，像一把犀利的匕首，直刺罗浩的心窝。

罗浩明白了，检察院已查过他的账，问题不少，如何处理，还是个未知数。想不到戳他脊梁的，竟是将要"粉身碎骨"的贾老师！

"我喝！"他也端起了酒盅。

余强、马杰和罗浩，三个人互相递个眼色，异口同声说："贾老师，你醉了，今天尽说醉话。"

贾老师却气愤地说："我没醉！意见来自群众，千真万确，以前就是不敢提。眼下死神在等我，我再不怕穿小鞋啦！"

贾老师话音刚落，只见"咚咚咚咚"闯进一个"白大褂"。她说她是医院化验员，因一时疏忽，错拿了化验单，造成误诊，特来赔礼道歉。

原来，贾老师患的不是肝癌！

"不是肝癌？"贾老师突然大哭大叫起来，"我真醉了，我刚才说的全是醉话。醉话不算数！权当给学生们开个玩笑吧！"

三个客人不冷不热地笑笑，拂袖而去。

贾老师一脸说不清的表情，嘴里嘀嘀咕咕道："千不该万不该，不该违背'三不'方针说醉话。咳，这误诊害惨我了！"

（韩柱先　韩令兰　搜集整理）

酒成美事

　　酒喝多了确实容易惹祸，但也不是绝对的。有时候酒喝多了还能成就好事。景阳冈上的武松要不是连喝十八大碗酒，激起一腔英雄气来，能把那只吊睛白额的老虎打死？

　　不说别的，刘庄最近就发生了一件新鲜事儿。

　　刘庄有两个会耍笔杆子的年轻人，一个叫小俊，一个叫小伟。小俊爱写个新闻报道，不论栽树养猪，啥事都能跟乡里干部挂上，吹得天花乱坠，人们送他个外号，叫"记者"。小伟只会写小故事，性子又太直，眼里容不得沙子，看见啥不顺心的事儿，总要编个故事捅出去，他也有个外号，叫"作家"。明摆着的事儿，干部们只喜欢记者，不喜欢作家，看见小伟就烦。

　　这天，小伟又写了篇带刺的文章登在报上，这算戳了马蜂窝,被杨副乡长叫去狠狠挖苦了一顿。小伟一气之下,钻到"杏花楼"喝起了闷酒。

杏花楼酒馆是杏花姑娘开的,店面虽然不大,就为她长得俊,又没婆家,所以生意特别热闹。

小伟平时就两三杯的酒量,今晚心里有气,一杯连一杯,至少灌了半斤。喝着喝着,他忽然听见里面雅间一阵吵闹,借着酒劲儿走过去往里一看,原来是杨副乡长一伙儿正缠着杏花不放,非让她陪三杯不可。

刚才小伟只顾低着头喝闷酒哩,也不知道他们是啥时候钻进去的。别看小伟笔头子胆大,可生性胆小,但这会儿他醉了,胆子突然大了起来,就像武松上了景阳冈,老虎也敢打。他见杏花被杨副乡长逼得眼泪涟涟的,就掀开门帘,大踏步走了进去,挺身横在杨副乡长和杏花中间,夺过酒杯,冷冷说道:"别耽误人家做生意,我替她喝!"

"噢,是作家呀!"杨副乡长一看小伟扫了他的兴,本想臭骂一顿,又怕失了体面,于是"哼哼"鼻子,"咕嘟嘟"满满地倒上一茶碗酒,阴阳怪气地干笑两声,说:"好一个英雄救美,有能耐你把这碗酒喝下去,我就放她!"

"好!"小伟眼睛眨也不眨,端起茶碗,"咕咚咕咚"一股脑儿喝了个碗底朝天,然后把茶碗往桌上重重一放,推着杏花就走。

杏花姑娘当然有说不出的感激,出了雅间悄声说:"我再去炒俩菜,你好好吃点儿。"

小伟摆了摆手,说:"不啦,不啦,我还有正经事呢。"说完,头也不回地走出了杏花楼。

小伟有啥正经事儿? 没有。刚才把人家杨副乡长玩恁难看,只怕再遇到啥麻烦,他想尽快离开这是非之地。可是,一碗白酒下了肚,喝得他头昏脑涨,浑身上下像火烧一样躁热,只想跳到河里痛痛快快洗个澡。

这时大约是晚上八点多钟，又大又圆的月亮升起老高。小伟跌跌撞撞走到一座叫乌龟背的河坡上，再也走不动了。正想歇歇再走，忽然听到一个声音："咦！大作家咋跑这儿来了？杨副乡长说你几句也是好意，可别想不开呀！"

小伟一看，原来是小俊，一听话音他就明白了大半：杨副乡长那号人从来是不读书不看报的，怎么会知道我发表了啥文章？一定是这家伙在后面使的坏。于是他气呼呼地顶了一句："你放心，为这事我不会卧轨自杀！"

不料，这句话说得小俊瞪直了眼睛，结结巴巴地问："你，你是从哪儿来的？"

"杏花楼。咋啦？"

"坏了！"小俊狠狠把脚一跺，扭头就走。

小俊一走，小伟一屁股蹲在地上，靠着一棵大槐树就睡着了。

鸡叫两遍的时候，镇子里又出来一个人影儿，向着乌龟背匆匆走来。谁？杏花姑娘。

原来，今天早上她打扫卫生时，忽然发现地上有一封信，显然是从门缝里塞进来的。打开一看，信上无头无尾，只写着这么几句：

> 你像杏花一样美，又是一朵刺玫瑰；想你想得我心醉，今晚去到乌龟背；等你等到晓风吹，你要不来我卧轨。

杏花正是如花的年龄，心里也不能不想这种事。她知道这是在跟她约会，整整一天心里七上八下的，拿不定主意。晚上送走客人以后，虽然累得骨头散了架，可歪在床上怎么也合不上眼。直到天快明的时候，杏花想：还是去一趟吧，不管是谁，看上我就是抬举我，我不愿意他又不能把我活吃了。现在的年轻人，一爱就爱得死去活来的,要真让人家来个卧轨自杀,我一辈子心里也不会安生。想着,杏花抓起一件大衣披在身上,拔腿就往外跑。没想走到离乌龟背不远的地方,她发现河坡下的铁轨上果然躺着一个人,顿时吓得惊叫一声,就扑了上去。

不用说,这人是小伟。原来他歪在槐树底下迷迷糊糊翻了个身儿,一骨碌从河坡上滚了下来,恰巧落在铁轨上,又睡着了。

杏花又是喊又是推,都不管用,只得死拉活拽地把小伟从路基上拖下来,脱下自己的大衣裹在小伟身上,搂在怀里就掉起了眼泪。她哽哽咽咽地絮叨道:"难怪你说有正经事儿,原来是到这儿等我哩……你可死不得呀,死了谁给我出气?"

其实,杏花误会了,信是小俊写的。小伟因这一醉,就阴差阳错地与杏花成就了美事。

你说,喝酒好不好?

(杨清江)

酒 水 糊 涂

你不能使一个酒徒成为小心谨慎
的人,因为喝酒会使他忘记他应该做
的一切事情。

酒糊涂审案

　　从前,有一个喜欢喝酒的县官,一天到晚脸上红通通、醉醺醺的,喝了酒他就要捉弄衙役,拿他们寻开心。

　　一天,他又喝得脸像猴子屁股,走起路来东倒西歪。

　　他唤来王甲与赵乙两位衙役,限令他们三日之内将三个人捉来,否则各打四十大板。

　　王甲、赵乙问道:"不知老爷要缉拿哪三个人?"

　　县官红着脸说:"一个'人中人',一个'草中人',还有一个'像个人'。"

　　王甲、赵乙知道,这是昏官灌足了黄汤在与他俩过不去,便合计说:"天无绝人之路,我俩且到大街人多的地方走走,总会有法子想的。"

两人来到车来人往的大街上,看见一个孕妇挺着大肚子在慢慢行走。

王甲对赵乙说:"兄弟,你看,那不是'人中人'吗?"

赵乙一看,对呀,大人肚里怀着个小人,正是'人中人'。

两人不容分说,走上前去,将那孕妇带到县衙。

第二天,天下着蒙蒙细雨。

王甲与赵乙又来到大街上,看见一个身披蓑衣、头戴斗笠的农夫,挑着菜在沿街叫卖。

王甲一拍赵乙肩膀:"兄弟,快看,那不是'草中人'吗?"

赵乙一看,是呀,草蓑衣里面藏着一个人,是"草中人"。

两人走上前,又将农夫带到县衙。

第三天,街上举行庙会,随着一声响锣,几个壮汉抬着一尊都天菩萨走来了。

王甲一见,便对赵乙说:"兄弟,那都天菩萨不是'像个人'吗?"

赵乙一想,倒也是,泥塑木雕的身子,看上去倒还真像个人样子。

于是,两人上前,将那都天菩萨抬到县衙。

县衙大堂上,随着一声吆喝,醉醺醺的县老爷升了堂。

孕妇与农夫一见这怕人的架势,早吓得双膝跪下,请求饶命,唯有那都天菩萨直挺挺地站着一动不动。

县官醉眼蒙眬地见这人好大胆子,在大堂之上竟敢不下跪,还咧嘴对他笑呢,便一拍惊堂木,喝道:"大胆狂徒!在本大人面前为何不下跪?"

王甲连忙走上前,附在县官耳边说:"禀告老爷,这人喜爱喝酒,一喝酒他就下跪。"

县官一听非常高兴:本官贪爱这杯中之物,他竟也与我同样喜好!

县官便命人取来酒壶,朝那都天菩萨口中灌去。

这一灌不要紧,却将都天菩萨下巴颏灌掉了下来。

县官见此人喝了酒仍在原地站着,便走下大堂,近前一看:"咦,这人怎么没有下巴?"

王甲回答说:"老爷有所不知,这人不喝酒倒还像个人,喝了酒就不像个人了。"

(丁 杰)

由组织报销

有一天,局长带了秘书坐了小轿车外出,到正午时,小车在318国道一家酒店门前停下,三个人下了车,走进酒店,共进午餐。

一会酒菜上齐,司机刚举筷掭菜,局长用筷子一拦,说:"别急,现在改革时期,搞廉政建设,我们今天也来个改革,不让组织掏钱。大家说个四言八句,谁说对了,谁白吃;谁说不上,谁掏钱。"

秘书和司机觉得此举挺有趣,便一致同意,要局长出题。

局长将头发一抹,道:"今天这个酒令,第一句要有'尖尖'二字,第二句要有'圆圆'二字,第三句要有'千千万'三字,第四句要有'万万千'三字,第五句是句问句,第六句只能是一个

'没'字。"

司机听完，说："局长，我先说。"

他见局长点头，便道，"我的车头尖尖，车轮圆圆，水泥地跑了千千万，沥青路跑了万万千。出过车祸没有呢？没。"说完，狼吞虎咽吃了起来。

秘书见司机说完，也端起了酒杯："局长我来说。我的笔头尖尖，公章圆圆，报告写了千千万。总结写了万万千。出过问题没有呢？没。"说完，也将酒倒入口中。

局长见他们两人一副得意相，笑了笑，说："我也来一首吧，你们听听。我的牙齿尖尖，嘴巴圆圆，好酒喝了千千万，好烟抽了万万千。掏过钱没有呢？没。"

司机和秘书听后，你看着我，我看看你，说不出话来。

局长见他们愣着，哈哈大笑起来："别急，别急，还是组织报销。"

（鄢田道）

吃主任贪杯

　　荷花乡有个荷花村,村旁有个荷花荡,十里方圆,碧波荡漾,荷花飘香,鱼虾满塘。荷花荡边有个小酒家,名叫"近水楼"。你别看它店面小,名气却蛮大,因为酒家里有一位出名的厨师,名叫王阿根。

　　阿根师傅今年六十多岁,他原是省城一家大饭店里的厨师,退休回家和老伴开起了这家近水楼饭店,由于烹调手艺高,烧菜味道好,人们纷纷慕名而来,生意非常兴旺。连乡政府都把他们的饭店作为定点单位,凡来客人,都安排到这里吃饭,这近水楼真是"近水楼台先得月",营业额天天有保证。

　　乡里设宴归乡政府办公室的戚主任管。你别看他官衔不大,权力可不小,乡政府的公章由他掌管,接待工作由他安排。

他三天两头陪客人吃饭,酒量越喝越大,老酒半斤、八两不醉,啤酒五瓶、十瓶能喝,中午吃鳗,晚上吃蟹,夜宵还要吃大王八。因为他能吃会喝,大家干脆叫他"吃主任"。反正吃完只要记个账,签个字,到时候统一结算,公家报销。

转眼一晃到了年底,阿根师傅账目一结,零头不算正好十万,他拿了账本、发票,到乡政府找吃主任要钞票。

吃主任一看吓一跳,想不到一年吃掉这么多! 乡里的财政原本就紧张,更何况请客招待上面有文件规定,到时候,查出问题要受党纪处分。

但是,白纸黑字,有凭有据,不付钞票又不行。最后,吃主任说:"阿根师傅,你尽管放心,这笔钱迟早总会付给你的。这几天乡里没有钱,过几天有了钞票,马上就付款。"

既然吃主任这样讲,阿根师傅也没有办法,只好回去。不过从此,他就三天两头往乡政府跑,一有空就去讨钞票,见了戚主任还要看脸色,讲好话,低声下气求他帮忙。

熟悉的人知道他是来讨账的,陌生的人还以为他是来讨饭的。

尽管乡里没有钱,但是,客照样还要请,酒照样还要喝,近水楼照样还要来。这可把阿根师傅害苦了,旧账未清又添新账,就像滚雪球一样,越滚越大,自己和老伴一年忙到头,辛辛苦苦地干,不但没有钞票赚,连老本赔光都不够,还欠了一大笔的债。

这天早上,体弱多病的老伴,由于劳累过度,突然旧病复发昏了过去。阿根师傅连忙把老太婆送到乡卫生院,医生说病情严重,要转送县医院抢救。

这一下把阿根师傅急坏了,现在家里已经没有多少现钱了,老太婆这么重的病,这些钱怕是看门诊都不够。想来想去只有一个办法,赶紧到乡政府去把钞票讨回来。

阿根师傅一口气跑到乡政府,想找吃主任,可是办公室里没有人，七问八问，说是在会议室里开会。

阿根师傅不管三七二十一，一头闯进会议室，开口就说："吃……戚主任，我老伴得了急病，你们欠我的钱……"

今天偏偏不是好日子，县纪律检查委员会下来检查乡政府廉政建设情况，现在领导正在听汇报。

吃主任怕露馅，连忙起身将阿根师傅拖到门外，板着脸警告道："我告诉你，今天县里领导在这里开重要会议，你要是再敢胡说八道，捣乱会场，我叫派出所把你关起来！"

阿根师傅是个老实人，胆子小，被吃主任一顿训，吓得脸色苍白，浑身冒汗，半天才慢慢地清醒过来。他想起生病的老伴，还得马上送医院，于是只好到亲戚朋友那里去借钱。等他东奔西跑将钱凑足，再把老伴送到县医院，一切都晚了，老伴再也醒不过来了……

老伴的不幸去世，使阿根师傅悲痛欲绝，想想老伴跟着自己辛苦操劳了一辈子，到头来却连生病都没有钱看。现在老伴一个人先走了，自己活着还有啥意思呢？还不如跟她一起去，黄泉路上也好有个伴……

阿根师傅含着眼泪，把水池里养的、冰箱里冰的，凡是店里好吃的东西，统统翻出来，弄了一桌丰盛的宴席，开了一瓶茅台酒，在酒里放了一把灭老鼠的毒药，又在桌上摆了一对酒杯，两双筷子，准备与死去的老伴共进最后的晚餐。

一切准备就绪，阿根师傅坐下来正要倒酒，突然觉得肚子痛起来，而且越来越厉害，只好站起身朝厕所奔去。

有道是：无巧不成书。

阿根师傅刚刚到后院去上厕所，吃主任走了进来。这些天，上面检查工作抓得紧，吃主任好几天没吃白食了，实在熬不住，所以又找上门来。

一进门，他就闻到一股香味，抬头一看，哇，只见店堂里摆着一桌丰盛的酒席,天上飞的,地上爬的,水里游的,样样都有,还开着一瓶茅台酒。看着这满满一桌好菜好酒,吃主任的口水都流出来了。

"阿根师傅,阿根师傅!"吃主任叫了两声,他想问问阿根师傅,这桌高规格的酒席是哪个定的。可是一连喊了几声,店里一点动静都没有。

吃主任心想:管他是哪个定的,我先吃了再说。自己身为堂堂的乡政府办公室主任,哪个见了不让三分? 大不了到时签个字完了。想到这里,他不管三七二十一,坐下来就吃。

再说阿根师傅,他身体很棒,但就是有点小毛病,上厕所的时间特别长,起码要半个钟头以上。等他从厕所里出来,走进店堂一看,不由得大吃一惊,只见那瓶放了毒药的茅台酒,快被戚主任喝光了。

他急忙上前夺过酒瓶,说:"吃主任,这、这酒不能喝!"

吃主任醉醺醺地问:"为……为什么?"

"这酒喝了,要、要出人命的!"

"你、你不要吓我……酒我喝得多了,这……不是假的……是真的!"

"啊呀! 吃主任,这酒是我准备自己一个人喝的,我求求你,千万别再喝了!"

"你……说什么,这么多的菜……你一个人吃得光吗? 来,我帮你吃……浪费是最大的犯罪。"

吃主任边说边举起酒杯又要喝,阿根师傅连忙伸手去夺,"砰"地一下,戚主任翻身倒地。

阿根师傅一看吓坏了,连忙叫了一辆拖拉机,连夜把吃主任送到县医院。他求爹爹,告奶奶,恳求医生、护士,赶快进行抢救。

值班的医生、护士都觉得奇怪,大家认识阿根师傅,前几天,他送老伴来看病,迟了一步没有救活,今天怎么又送来一个? 忙问阿根师傅:"他是你的什么人?"

"他、他是我的救命恩人……不,他是我的替死鬼! 医生,请你们行行好,帮帮忙,一定要把他救活,要不然,我……就没命了!"

大家越听越糊涂,问他到底是怎么回事。阿根师傅从头到尾,一五一十把事情的经过说了一遍。

大家听了又好气又好笑,一面赶紧进行抢救,一面向县里领导作了汇报。

等吃主任睡了三天三夜从昏迷中醒来,县纪检部门经过调查核实,已经对他作出了处理决定:撤销职务;开除党籍;吃喝费用全部由个人退赔;还要全县通报,让大家引以为戒。

(汪黎明)

苟局长请客

有个局的苟局长,因为手里有点权力,所以经常有人请他喝酒,哪天不灌几杯,浑身上下都不自在。

偏偏这一天怪了,苟局长坐在办公室里,眼巴巴地一直守到中午十一点半,也没见一个人来请他喝酒。

他憋不住了,马上喊来王秘书,用刻不容缓的语气吩咐说:"上边有个紧急文件,你去看看单位里谁还没走,立即开个短会,学习学习。"

王秘书问:"在哪儿学习?"

苟局长把手一扬,说:"多天没和同志们交流感情了,哪个酒店僻静就在哪儿学习。"

王秘书心领神会,点头一笑,忙去喊人,好不容易找到赵、钱、孙、李四位,三男一女。

一听说陪局长喝酒,四个人大眼瞪小眼,不知去好,还是不去好。

王秘书咧嘴一笑,说:"陪领导喝酒有啥不好的? 你们没听人说,'能喝八两喝一斤,这种干部该提薪;能喝一斤喝八两,这种干部难培养'。好与不好的关键,是看你们给领导陪好陪不好。叫局长尽兴,还能没你们的好处?"

四个人连连点头,跟上王秘书去赴宴。

公款吃喝谁不怕曝光丢人? 所以都想选个偏僻地方,于是偏僻的地方反而热闹起来。

苟局长一行在市郊找到一个开业不久的"888"酒楼,谁知这酒楼也是人满为患。

老板为了拉生意,连忙让人把楼上刚装修好的住室收拾了一下,把他们安置进去。

开会的事只字没提,酒菜一端上来,大家都跟着苟局长举起了杯子。

苟局长"久经沙场",先和每人碰了一杯,由于王秘书思想工作做在了前面,所以谁也没有装孬,能喝的一饮而尽,不能喝的也咬着牙往嗓门里灌。

苟局长一看大家都有点"战斗力",乐得眉飞色舞,袖子一挽,来个率先"垂范",打起了"通关"。

第一个出洋相的是老赵。

老赵牢记王秘书"能喝八两喝一斤,这种干部该提薪"的教导,一心想表现表现,把工资涨上去。他自恃有点酒量,自己输了抓住就喝,左邻右舍输了他也替喝,而且还"狼拉狗扯"地套近乎,说什么他大伯的外甥媳妇的二表妹是苟局长的堂弟他姨父的"小蜜",因此又和苟局长碰了十二杯。

他把座位朝苟局长面前拉了拉,慷慨激昂地说:"苟局长,自从您主持工作以来,我局面貌大为改观,干群关系发生了深刻变化,今天就是个活生生的例子。为了表达我们对您的尊敬和爱戴,我建议,以后我们大家只能喊您'局长',不能带那个'苟'字。外人一听,狗局长,这算什么话! 马上就会让人联想起狗头狗脑、狗胆包天、狼心狗肺之类的不敬之词,影响多不好哇! 再说那个'苟'字,'一丝不苟'这不错,可又有个'苟且之事',那是指的乱搞男女关系……"

"算了! 你有完没完?"苟局长气得肚皮一鼓一鼓的。

王秘书连忙拍拍老赵的肩膀,说:"你不是还有个材料没写完吗? 可别误了大事,快回去突击突击吧。"

老赵酒已吓醒,只好点了点头,跑了。

"不像话,太不像话了。"已经半醉的老钱见老赵讨了个没趣,摇摇脑袋打开了话匣子,"事情都要一分为二嘛! 狗有什么不好? 一是忠诚,不然能选进十二生肖? 二是温顺,现在的漂亮妞儿哪个不喜欢玩狗? 宠物! 老赵这人哪,就是不懂得用一分为二的观点看问题。比如说这个酒楼吧,叫什么'888',一心想着'发发发'。这也得一分为二! 大家瞧这个'8'字,分开看是两口陷阱,合起来是一副手铐! 这就给那些公款吃喝的腐败分子敲了警钟……当然不包括在座的诸位了。咱今天是开会,是工作餐,对不?"

苟局长脸上一阵红、一阵紫,他打开一瓶酒,"咕嘟嘟"倒在两个茶碗里,说:"来,咱俩也来个一分为二!"

老钱慌了,连连告饶说:"能力有限,我实在不能喝呀!"

苟局长一拍桌子吼道:"不能喝小孙喝!"

旁边还有小孙、小李,加上王秘书一共四个人。

王秘书脑子活络,连忙捧起茶碗,笑眯眯地说:"小孙那酒量,也够他的份了。小李是女同志,也不勉强她。我跟局长碰了吧?"

苟局长摆摆手，余怒未息地说："那俩货，光会耍嘴皮子。平时办多少实事出来，领导心里还能没数？"

说着回过头来，拍拍小李的肩膀说："妞！刚才王秘书说得不对，啥场合也不能怠慢了女士。今儿个你代表单位里半边天，我好好敬你几杯吧。"

王秘书深知局长的爱好，所以，他刚才有意识把这位唯一的女同事安排在局长身边。

小李呢，也早想靠近苟局长，就是没机会，现在一见局长把酒杯高高举起，敬到面前，她虽不会喝酒，但又不愿错过时机，就轻轻地咂了一小口。

苟局长连连摇头，说："哟！'恰似你的温柔'。不行不行。"

小李又咂了一口。

局长仍然不依不饶："妞，不要辜负领导的期望嘛，你看人家外单位的公关秘书，哪一个不喝它四两半斤的？"说着，另一只手在小李的大腿上轻轻捏了一把。

小李何等聪明，这意思还能不明白吗？顿时心跳加剧，热血沸腾，暗暗给自己鼓了鼓劲儿：只要能干上公关秘书，马上就是机关里的红人儿了，是毒药我也给你喝下去。她随即胸脯一挺，轻轻推开苟局长的手，抓起桌上那一茶碗白酒，仰起脖子，一气灌下去一多半儿。

然后，她摇摇晃晃站起身来，抹抹嘴巴说："怎、怎么样？有没有四两半斤？我一、一点也不醉，就是想、想躺一会儿……"一边说着，一边顺手推开旁边一间房间的门，跌跌撞撞走了进去。

苟局长一看机会来了，不由暗暗高兴，立即起身离座，回头吩咐道："王秘书，你陪着小孙再多喝一会儿，我看看她要茶不要。"说罢，一头扎进那间房里，关上了房门。

被撂在门外的这两位醉是醉了，但也都明白里边将发生什么事情，不由相视一笑。但是，局长刚才扔下那一句话，等于在门上挂了个"请勿打扰"的牌子，所以谁也没敢跟上去看热闹。

小孙一边和王秘书喝着，一边琢磨老钱走时局长说的那句"平时办多少实事出来，领导心里还能没数"的话。可以办啥实事呢？他不由自主地往旁边那间房门上看了看。就这么一看，主意来了。

前边已经说过，今天中午这家酒楼人满为患，主人不得已才把他们安排到自己的住室里。酒席在客厅摆着，旁边那间是卧室。卧室是两道锁，除了一把暗锁以外，门鼻上还挂着一把明晃晃的大铁锁，锁孔里还插有钥匙。刚才主人只顾慌张呢，忘了锁门，小李才迷迷糊糊撞了进去。

此刻小孙心想：你苟局长不是怕人打扰吗，我干脆把房门锁上，这不正是个再好不过的"办实事"的机会吗？以后还怕苟局长心里没数？

想到这里，小孙兴冲冲地走了过去，"咔嚓"一声把房门锁了个结结实实，然后拔掉钥匙，往兜里一塞，向王秘书说了声："我去趟厕所，回来咱俩再喝！"这才一步三晃走下楼去。

王秘书已经喝得糊里糊涂了，他左等右等不见小孙回来，估计这小子溜了，不由暗暗骂道："你溜我也溜，老子也不在这儿听墙根儿。回家！"

他好不容易支撑着身子站了起来，腾云驾雾似的在屋里不知转了多少圈儿，走了多远的路，恍恍惚惚觉得已经到了自家门口，从兜里掏出钥匙，耷拉着眼皮儿在墙上戳来戳去，干急找不到锁孔。

好大一会儿，才摸到个窟眼儿，王秘书使劲往里一捣，只听"咣"的一声，他的身体竟像皮球一样，被弹出几尺开外，把酒桌都撞翻了。

原来，钥匙塞到墙上的一个电器插座上了。

桌子一翻，火锅下面的酒精炉连蹦带跳地在地上打了几个跟头,才装修的顶棚、墙壁还没来得及刷上阻燃剂,酒精溅到哪里哪里起火,眨眼之间"噼里啪啦"燃烧开来,王秘书当即昏倒在地上不省人事。

再说苟局长和小李两位,一见着了火,急得在里面哭爹叫娘,却怎么也拉不开房门。他们做梦也想不到,那位办了实事的小孙,此时正蹲在洗手间的马桶上呼呼大睡呢。

至于这火后来是怎么扑灭的,苟局长等人性命如何,那就不知道了。

(杨清江)

王经理没脸

　　王经理是个嗜酒如命的酒鬼。这天晚上他接受宴请,你吹我捧他敬,不算洋酒,光"茅台"他就灌进了一瓶多,只喝得个乾坤倒转,天翻地覆。

　　离席后,王经理摇摇晃晃去了卫生间。

　　人们以为他去"方便",哪料,他往抽水马桶上一坐,大手一挥:"开车!"

　　连喊几声,见没人答腔,王经理发火了,大声喝道:"喂,我说小赵,你还想不想干了? 嗯? 不想干说句痛快话,我立马换人。哼! 想给我开车的不要太多唷!"

　　这时,不知是谁,在外面摁开了排风扇,卫生间里,立时响起了"嗡嗡"的排风声。

王经理以为汽车已经启动,满意地点点头,自言自语地说:"嘿,这个小赵,看来真得给他点颜色瞧瞧!"说完,美美地进入了梦乡。

再说外边的人们,左等右等不见王经理出来,就在外面喊开了。王经理听到喊叫,起身就往外走,不料衣服被门锁挂住。

他以为是下属拽住他说事儿,连忙摆摆手说:"不行不行,我还有场合要应酬,工作的事儿,以后慢慢再说……"

司机小赵将王经理送到家。

他夫人见他又醉成这个样子,一边埋怨,一边忙着给他沏醒酒茶,让他喝。

王经理还以为在酒席桌上,连连推辞:"不行了,不行了,不能再喝了,再喝,我可真要醉了……"

夫人被他弄得哭笑不得,叹口气,一边搂住他的头,一边给他慢慢往嘴里送茶水。

王经理以为在宾馆里,一边"嘿嘿"嬉笑,一边用手不停地抚摸夫人的脸,嘴里直说:"嘿嘿,小姐,今儿个你可得好好伺候我,只要我高兴……"

夫人一听,气得搡了他一把,放下茶杯,就给他脱衣服,想让他快点睡觉。

岂料,这一脱衣服,王经理连忙用手护住,大声说道:"你……你怎么还缠着没完?刚才不是付你两百了吗?"

夫人见丈夫把自己当成了三陪小姐,不由得妒火中烧,恼怒地"啪"给了他一巴掌,骂道:"混蛋!我是你老婆,不是窑姐儿!"

王经理挨了夫人一巴掌,酒似乎醒了点,猛地瞪眼大声呵斥道:"咋?我的报告不精彩咋的?咋鼓掌声这么小?"

看着丈夫这副神经病的样子,夫人火更大了,举手"啪"又狠狠地给了他一巴掌:"这回鼓掌声儿大了吧?"

也许这一巴掌打得太重了,王经理的酒被打醒了,他急忙语住被打肿的腮帮子,喝道:"咋? 是你? 你……你想打死我咋的? 你打肿了我的脸,咋让我出门见人? 嗯?"

　　夫人余怒未消,"哼"了一声,吼道:"你还要脸? 像你这样不要脸的人,早就该死,早就不该见人!"

(周宝忠)

酒瓶子「告状」

云台办事处有个惯例,每到节假日,每逢大会小会,办事处主任龚魁林和办事处上下几十名干部,总要聚集一堂,举杯畅饮,喝个痛快。

这天,龚主任接到县里打来的电话,说县卫生检查组明天要来办事处检查卫生。上级部门光顾,酒席是免不了的,所以龚主任放下电话,立刻找管后勤的老刘忙开了。

果然,第二天上午十点钟光景,县卫生检查组一行六人来到了办事处,他们例行公事上上下下兜了一圈,就被龚主任请到了酒席上。

食堂里的古师傅一一上菜,龚主任频频敬酒,这些检查组成员原本都是吃喝惯的,也不客套,一时间酒席上热气腾腾。

　　检查组如此赏光,龚主任春风满面,他兴冲冲抓过一瓶"强力"啤酒,又要为大家敬酒。

　　谁知这只酒瓶的瓶盖特别紧,拼命使劲才松开一条缝。啤酒一遇空气,泡沫直往上蹿,冷不防"砰"一声响,瓶盖冲飞出去,不偏不倚打在正在上菜的古师傅的左眼上。

　　只听"哎哟"一声,古师傅的左眼立刻渗出一股殷红的鲜血,手中的一盘菜跌落在地上。古师傅捂着左眼哇哇叫,龚主任和酒席上的这批吃客都惊呆了。

　　酒席不欢而散。

　　这古师傅是办事处一年前请来的临时工,已年奔花甲,上无老、下无小,孤孤单单一个人。当下一出事,龚主任急惶了,立刻吩咐老刘派人将古师傅送医院。

　　龚主任对古师傅说:"古师傅,你安心去医院,虽然你是临时工,但我们会考虑你的医疗费的。"

　　医院尽了最大的努力,但终究没有保住古师傅的左眼,因为左眼的眼膜破裂了。事情到了这一步,古师傅的痛苦自不必说,龚主任也窘得直搓手。

　　古师傅只是临时工,不享受公费医疗待遇,龚主任内疚于古师傅的眼祸是自己失手酿成的,便出面鼎力疏通,由办事处酌情报销了古师傅的医疗费。

　　古师傅白白瞎了一只眼,实在感到太冤枉,脑子转了七七四十九个弯,眉头一皱,计上心来。

　　他找到龚主任,说:"龚主任,我今年五十八,家无妻室老小,一旦丢下办事处这碗临时饭,今后的生活如何熬?您在办事处说话响,您帮我报了医疗费,我很感激您。求您再帮帮忙,摆渡摆到江边,送佛送到西天。如果把我这次眼祸归结于'因公致残',今后每年发给我一点生活补贴,我也好有个保障。"

　　古师傅这番话,与其说在请求,不如说是挑战,真正难煞了龚主任。龚主任心里像吞只苍蝇不自在：喝酒喝出个"因公致残"，这话说到哪儿也不响。

"唉——"龚主任大口大口吐着烟圈，不知如何作答。

不过，龚主任毕竟是主任，他脑子稍稍一转，便拍拍古师傅的肩，颇动感情地说："古师傅，你的不幸是我造成的，从我个人感情出发，你的要求一点也不过分。但个人感情代替不了组织原则，就是我们办事处同意了，也有个上级部门审核的问题。这样吧，我把你的意见转告组织，我们再讨论一下。"

龚主任没有把门关死，古师傅便先告辞，约定一个星期以后来听回复。

话说第二天的办公会议上，龚主任委婉地转达了古师傅的请求，大家七嘴八舌讨论了一个钟头，讨论来讨论去，古师傅的意见最终还是没有通过，最重要的原因就是因为这天酒席上在场的都是县上的人，如果不顾原则同意了古师傅的要求，难保事情不传开，将来被动的还是办事处。

两者相比，当然办事处利益为上。

讨论结果通知了古师傅，古师傅心里直骂：你们这帮寄生虫大吃大喝，我平白无故遭殃。哼，没门！

古师傅琢磨了半天，走进龚主任的办公室，说："龚主任，虽然我的请求没有得到组织恩准，可您为我一个临时工费心尽力，我终身难忘。不知我另有一桩小事今天该说不该说？"

龚主任心里一"咯噔"：不知这老头子今天又要提出什么新要求？可来了又不能不让他开口。于是脸上硬挤出三分笑："嗯——你说说看。"

古师傅直截了当地说："龚主任，我在机关干了两年，没有功劳有苦劳，临走时我不求金、不求银，只求和您订个君子协定，免费把办事处每年的空酒瓶捐助给我，让我能挣点微薄收入来糊口。"

　　龚主任一听啼笑皆非：空酒瓶几分钱一只，算个啥？他一挥手，痛快地许诺："哦，小意思，这事儿我可以做主，以后你每年来找我挑空酒瓶得啦。"

　　龚主任如此爽快地点头，古师傅乐呵呵地走了。

　　过了几天，龚主任和老刘闲聊，把此事告诉了老刘。

　　不听不知道，一听吓一跳，老刘眼睛鼓得像灯笼，说："龚主任，你答应此事啦？"

　　"嗯，区区小事嘛！"

　　"哎呀，你上了大当啦！"

　　"怎么啦？"龚主任只道空酒瓶背后有啥阴谋，声色俱变。

　　"唉！"老刘摇摇头，"龚主任，你不知道，我们办事处每年的空酒瓶，常常能卖到一千元左右。"

　　"啊——"龚主任恍然大悟。

　　试想想，云台办事处每年要喝掉多少酒？喝掉多少公款呢？

（张安生）

胡吃喝撞鬼

　　杏坡乡乡长胡石科,有一个最大的业余嗜好:喝酒。再确切一点说:是嗜好白喝别人的酒。乡上无论谁家有婚丧嫁娶、庆典聚会的酒场,只要叫他晓得了,那绝对是不请自到,海吃海喝,而且不喝尽兴决不罢休,于是落下个"胡吃喝"的绰号。有人背地里咒他:"白吃白喝,不得好死,早晚也得让索命鬼勾了去。"胡吃喝闻听后心虚嘴却硬,直着脖子说:"老子偏要喝,就是到阴间,阎王判官也得请我喝两盅!"

　　这天,乡西头一家私人餐厅开张,晚上,胡吃喝带着几个食客上门,说是前来贺喜。餐厅老板不敢得罪这位土皇帝,忙让人摆酒上菜,胡吃喝等人也不推辞,一落座便真刀实枪地干了起来。

　　不到一小时，两瓶大曲、十瓶啤酒便彻底消灭了，但胡吃喝还没尽兴，又让人打开第三瓶白酒。此时，他忽然觉得腹内急需排泄一下，便站起身来，摇摇晃晃地走出了店门。

　　胡吃喝在门外溜了一圈，没找到公共厕所，腹内越来越感到紧张，便朝餐厅后面绕去。

　　屋后是一大块玉米地，黑乎乎的一眼望不到边，小风一吹，玉米叶沙沙作响。胡吃喝一头钻进玉米地，刚解开裤带，就发现不远处有一座孤零零的坟头，顿时起了一身鸡皮疙瘩，慌慌张张束上裤带，转身要跑。

　　突然，他觉得有人死死拽住了他的腰，接着，几只利爪在他头上、脸上抓来抓去。胡吃喝当时就想起了老百姓对他的咒骂，一时间真的以为叫鬼缠上了，吓得魂破胆裂，扯起嗓子没命地叫了起来："阎王爷饶命啊……"

　　餐厅里的几个吃客正等着胡吃喝回来继续"战斗"，忽听窗外传来他那瘆人的呼救声，一时吓得乱了手脚。还是餐厅老板胆子大，顺手操起一根木棍，抓过手电筒便朝门外跑去。

　　老板和众人顺着声音寻到玉米地，借着手电光，看到胡吃喝像着了魔似的浑身抖个不停，嘴里还不停地祷告："阎王老子……饶命，我再也不敢白吃了……"

　　老板伸手去拉胡吃喝，却怎么也拉不动，他用手电一照，顿时哈哈大笑起来。原来，胡吃喝一时心慌胆怯，束裤子的时候，将一棵玉米秆绕在了裤带上。

（申之珉）

李村长醉酒

李村长敢说敢做，能吃能喝，他在酒场上纵横驰骋七八年，所向披靡，堪称全乡第一条酒汉。

这一天，村里有家村民娶媳妇，自然要请他去喝喜酒。

李村长真是海量，从中午坐上席，一直喝到晚上十二点还没离座，直到有人提醒他明天上午还要到乡政府开会，他才恋恋不舍地站起身来，晃晃悠悠地离开了主家。

在回家的路上，李村长的酒劲涌了上来，迷迷糊糊的已经认不清东南西北了。好在村民们盖的都是排房，清一色的门朝南，他才没有摸错方向。但是他忘了自家住的是第几排了，只记得自家的房子位于那一排的正中间。于是，他一溜歪斜地来到村中间那排房子正中的一家门前，狠狠地敲起门来。

过了一会儿,门开了,出来一位膀大腰圆的彪形大汉——杀猪专业户张二楞。李村长一见好恼,怒骂道:"你这家伙好大胆!半夜三更钻我家里干啥?"

张二楞也没好气地抢白他:"还当村长哩,你仔细看看,这是你家么?半夜三更私闯民宅,你想干啥?"

"我……"李村长吃了一惊,稍微清醒一些,含含糊糊地说,"我来看看你家遭贼没有!"说罢转身走开了。

李村长来到后一排房子前边,又逐户寻找起来。想到刚才碰了个钉子,他再不敢贸然敲门了,就在这排房子前边来来回回地转悠开了。可一直转悠到天快亮,他也没有认出自家的门户。

这时,有一家的门打开了,李村长看见从院内走出个中年妇女,就急忙上前问道:"这位大嫂,李村长的家在啥地方呀?"

那位中年妇女瞪他一眼,抬手给了他一巴掌:"你这个酒鬼!仔细看看我是谁?"

李村长怒道:"你这女人真不讲理!我和你素不相识,为啥打我?"

这时,从里边又走出个小姑娘。小姑娘拉住村长的手说:"爹!你连俺妈都不认识了?"

李村长生气地抽出手来,对着小姑娘吼道:"谁家野闺女,咋对我喊起爹来!"

小姑娘气咻咻地说:"爹呀,你都喝糊涂了,我是你女儿小翠呀!"

村长看看她,想了想,说:"噢,难怪我看着怪面熟哩!"他忽然又犹豫起来:"不对呀!你是小翠,可我是谁哩?"

他老婆见他醉成这样,伤心地说:"你呀,当了几年村长,就连自己也不认识了!"

李村长一听到"村长"两字,立即醒悟过来:"谁说我不认识自己?我是大名鼎鼎的李村长……"　　　　　　　　(曹宝泉)

酗 酒 丧 身

不流血的悲剧，甚至比流血的悲
剧更拨人心弦。

揪心一巴掌

　　扬州乡下有个叫小癞子的男孩,12 岁死了娘,和父亲相依为命,靠一条破烂的小渔船,终年捞鱼摸虾,苦度光阴。

　　父亲是个酒葫芦,爱酒如命。妻子死后,他喝得更凶了,常常大醉而归,回到船上就发酒疯,打小癞子,把小癞子打得浑身青一块紫一块的,然后倒头就睡。等酒醒之后,他又搂着小癞子哭,还骂自己不是人,并且赌咒发誓,不再喝酒。

　　这时,小癞子往往边给父亲擦眼泪边说:"爸,你别难过,我不恨你,我也不疼。"

　　可是"酒葫芦"戒酒谈何容易,过后他又去喝,要是醉得不凶,还能买点吃的回来,给小癞子充饥;如果喝多了,就苦了小癞子,只能蜷缩在船舱里,抱着咕咕叫的肚子,眼巴巴盼着父亲给他带来点吃的。可他父亲却醉倒在草<u>丛</u>里,整夜不回来。

人总是要争取生存的,何况小癞子已十多岁了,几次一饿也就饿出办法来了:他跳进河里,抠河蚌摸螺蛳,再放到锅里,用清水煮煮,既无油也没盐,半生不熟的,也能狼吞虎咽地吃上一大碗。就这样,他越吃胃口越大。

有一天,酒葫芦没有去喝酒,还买回来一些玉米面,烧了大半锅糊糊。

小癞子见了当然高兴得不得了,一大碗滚烫的糊糊,三口两口就灌进了肚子里。

酒葫芦见他如此贪食,又那样的骨瘦如柴,觉得很内疚,心里一酸,眼泪就下来了。

他问小癞子:"不烫吗?"

"不,一点不烫。"

"那你就再吃吧。"

"不,那些留给你吃了。"

"爹吃过了,你吃吧。"

小癞子这才又接连灌下了两大碗。

酒葫芦将小癞子搂进怀里,抚摸着说道:"唉,就剩皮包骨头了,一定是爹不回来的日子,把你饿坏了。"

小癞子笑笑说:"不,你不回来,我就摸河蚌煮来吃,饿不着。"

酒葫芦又叹了口气,说:"爹对你不起,总有一天,爹带你到扬州城里去吃一回好东西,一定。"

从那以后,酒葫芦不再打小癞子,也不再狂喝猛饮了,开始自我节制,他要攒钱领小癞子进城吃一顿。

过了好长时间,他总算攒下了点钱,见小癞子越来越瘦,就牙一咬,摇着小船来到了扬州城里。

他那点钱，当然吃不起淮扬大菜，只能尝尝风味小吃，于是父子俩走进茶馆，要了四笼富春汤包，外加一瓶老白干，一包花生米，一壶茶。

要的东西一样一样全部来齐了，酒葫芦对小癞子说："小癞子，这富春汤包可是扬州有名的小吃，外面凉，里面烫，皮子里包着肉馅和滚烫的卤汁。吃的时候要小心，先咬开一点皮子，慢慢地把卤汁喂干，千万不能张口就咬，那会烫烂舌头的，知道吗？"

小癞子点点头，举起筷子就吃。他起先倒是规规矩矩，吃得很斯文，可是吃完一只以后就放开了手脚，一口一只，两下一嚼就咽进肚子里去了。

酒葫芦三杯酒才下肚，四笼汤包已被小癞子消灭了两笼。他觉得奇怪：莫非是冷的？随手挟起一只，放进嘴里一咬，哇！差点把舌头烫焦。

他心头的怒火一下蹿了上来："你这饿鬼投胎的东西，谁跟你抢啦？"他抡起右手，照准小癞子的脸面就是一巴掌。

酒葫芦今天并没醉，他这一巴掌是出于疼儿子，下手并不重。可他万万没有想到，这一巴掌下去，小癞子的头竟像刀砍似的掉到地上，并且还叫了一声："我……饿！"

这件事当然非同小可，首先惊动了茶馆里的老板和顾客，接着惊动了左邻右舍，最后还惊动了官府。经过验尸，才发现小癞子的颈脖上有许许多多蠕动着的蚂蟥。

活人的身体内怎么会有这么多的蚂蟥呢？

有经验的人都知道，蚂蟥是一种软体动物，专爱吸血，其生命力特强，不怕烫，不怕烧，即使碎尸万段，它照样复活再生，只有用盐才能将它腌死。

小癞子由于吃了许多河蚌、螺蛳肉，又不放盐，那些附在河蚌螺蛳肉上的小蚂蟥也就进入他的体内，并且大量繁殖。而颈脖四壁又是血管最集中的地方,所以蚂蟥也就大量集中到这里,把肉都蛀空了。

这就是一巴掌打下个人头来的原因。

酒葫芦失去了妻子,又失去了儿子,这时他才明白,全是他喝酒的缘故。

从此,他滴酒不进,人也变得疯疯癫癫的,老是对天叫道:"小癫子,爹害了你,爹对不起你呀!"一边叫一边放声大哭。

（周振亚）

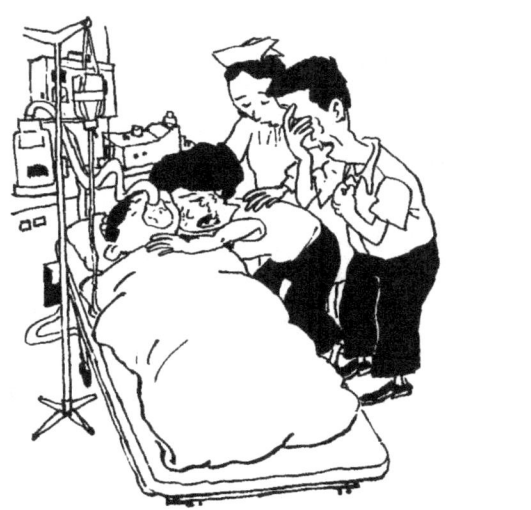

生
日
传
哭
声

　　三月二十二日，是李明的十二岁生日，父亲打算为儿子好好庆祝一番。

　　李明正在上小学六年级，要好的小哥们不少。按时下风尚，过日小哥们自然要请的，于是乎，信儿一撒，浩浩荡荡来了不多不少整十人，每人或多或少，都带来了各自的"意思"。

　　李明的母亲秀娟花了一上午时间，煎炸烹炒，早已把饭菜做好，小客人们入席后，为了让孩子们吃好喝好，她便关了房门，退了出来。这时，对门"垒方城"三缺一，正好来叫，秀娟平时又是麻将桌上的常客，便嘱咐了儿子几句，到对门去了。

　　孩子们见没了大人监督，顿时放开手脚，在一片"祝你生日快乐"声中，大吃海喝起来。

这次生日宴会,秀娟特地为了孩子们准备了一箱饮料。可是喝着喝着,孙经理的儿子孙胖觉得喝饮料不过瘾,问李明可有啤酒和白酒?李明知道孙胖的酒量,此时他自己也正想喝点白酒助助兴,于是便"嘘——"一声,悄悄打开了爸爸的酒柜,拿出两瓶五粮液和一箱"蓝带"啤酒。

别看李明和孙胖小小年纪,却都已经是酒场老手。李明的爸爸是人事科科长,每天请吃请喝的排着队,从五六岁开始,李明就跟着爸爸出入酒楼宾馆,酒桌上你逗我逗,竟然"逗"出了不小的酒量。孙胖也是如此,跟着当经理的老子"走南闯北",早早地就"久经考验"了。

且说李明,给在座的同学们一杯杯满上后,首先端起了酒杯,说道:"按酒场规矩,这第一杯酒,是我答谢诸位的。我先带个头,先干为敬!"说完,一饮而尽。

同学们报以热烈的掌声。紧接着,从左至右,一一相劝。有的同学不会喝白酒,李明顺口说出了跟大人们学的劝酒歌谣:"能喝八两喝一斤,这样的朋友我放心;能喝白酒喝啤酒,这样的朋友得轰走;能喝啤酒喝饮料,这样的朋友不能要!"直说得同学们连连叫好,乖乖地举起了酒杯……

孙胖是李明的主要对手,一圈儿过后,孙胖便开始给李明敬酒,理由正当充分,李明自然得喝。

继孙胖之后,同学们一一给李明敬酒,李明尽管也耍了些滑儿,但着实喝下去了不少。

李明见大伙直攻他,便玩起了酒场上的花样,改为"碰球"喝酒。就是把在座的十个人,依次编号为十个球,然后从他这"一球"开始先说,说谁表示碰上几号球,谁被碰上,谁就得马上把球碰出去,愿碰谁碰谁,反应慢了,为输,罚酒一杯。

规则讲好后,由李明先碰:"哎——我这个一球碰五球。"

五球为孙胖。孙胖酒场上与人碰过多次,司空见惯,所以非常轻松熟练地就将球碰了出去。就这样，酒宴桌上你碰我、我碰你，好不热闹。

今天是李明的生日，同学们自然都愿让他多喝，于是就纷纷碰他，李明应接不暇，被连着罚了不少酒。

李明一看这样也不行，又改为"猜火柴棍儿"。这是碰运气的游戏，谁猜错了谁罚喝，于是酒桌上又一次掀起了一个小高潮。不过，李明今天运气欠佳，连着猜输了几局，又被罚了不少酒。

转眼一个多小时过去了，一箱啤酒空了罐，两瓶五粮液也喝去了一瓶半。李明首先不行了，孙胖紧接着也出溜到桌子底下，同学们一个个东倒西歪，呼呼大睡起来。

再说秀娟，四圈儿下来，不见儿子来喊，便离座回家观瞧。进屋一看，不由得"啊"了一声，只见儿子李明口吐白沫，不停地抽搐，孙胖也是脸色蜡黄，不住地呻吟。秀娟被眼前的这一幕惊呆了，随即狂呼救人。

左邻右舍闻讯赶来，七手八脚，赶紧把这些孩子送医院抢救。

然而，由于李明喝酒太多，抢救无效，死在了医院里，其他同学倒是脱了险。

面对这一惨局，秀娟夫妻一下子全傻了，两口子痛断肝肠，哭干了眼泪，喊哑了嗓子。可又有什么用呢？两口子你怨我、我怨你，吵得个天翻地覆。

然而，人死不能复生，导致孩子喝死的真正原因是什么？责任又在谁呢？

（周宝忠）

美酒酿悲歌

这天晚上，东风电机厂的餐厅里灯火辉煌，人声鼎沸，里里外外都挤满了人。

这里在干什么呢？在进行一场特殊的比赛。什么比赛？喝酒比赛。这场喝酒比赛，不是小青年之间猜拳打赌之类的小玩意儿，这是经过厂长的反复思考和仔细权衡之后，慎重提出来的"官方"活动。

厂长姓冯，叫冯仁山，已经五十多岁年纪。为搞这场喝酒比赛，他先是张贴启事，再是层层发动，然后规定了比赛程序：参赛者先要当众喝下半斤60度的四川老窖，过五分钟后，再唱一支《十五的月亮》和跳一曲迪斯科，顺利过关者参加复赛；赛者再接着喝一杯酒，唱一支歌和跳一个舞，胜出者参加决赛；谁喝在最后、唱在最后、跳在最后,谁就是本次比赛的头名状元。

　　冯厂长还宣布,比赛不讲文凭、不论资格,只看酒量,平等竞争;对这次比赛中的喝酒状元,厂里将给予意想不到的重大奖励。

　　这一切,无疑像个晴天霹雳,炸响在电机厂内外。晚上,全厂的干部工人全来了,当然,他们多数是来看热闹的,真正报名的参赛者,其实只有 12 个人。

　　此刻,12 名参赛者已被请到餐厅中间,一长溜地在几条长凳上坐下,他们面前是一张桌子,上面摆着几十瓶四川老窖和 12 个大碗。

　　冯厂长站在桌子旁,脖子上挂着一个哨子,他吹了几下后,当众宣布,这场喝酒比赛,他既是主持人,又是裁判员,场内场外,一切都要听他的指挥。参赛者如果醉倒在地,谁都不要乱,妻子、儿女也不必惊慌失措,厂里已组织了绝对负责的青年护理队。

　　他的话音刚落,"呼啦啦"站起来 20 名青壮男子,一个个腰圆膀粗,气宇轩昂,他们分成两排,立在左右,一下子给赛场增添了一种令人屏息静气的气氛。

　　7 时正,喝酒比赛正式开始。冯厂长一吹哨子,12 名参赛者依次端起大碗,一口气喝下半斤老窖。

　　五分钟后,12 个人开始分出高低了,其中五位,已昏昏然瘫倒在地,被护理队架了出去;还有两位,走路摇摇晃晃,让他们认人,看到姑娘喊"爸爸",见了孩子叫"妈妈",惹得大伙一阵大笑,自然也退出了赛场;留下五位,有一位让他唱"十五的月亮",仿佛舌头被割去了半截,竟稀里糊涂地唱出了"十五个大娘";另有一位,虽然勉勉强强把歌唱下来了,但叫他跳舞,竟一下子倒在地上,"汪汪汪"学起了狗叫,这两位无疑也被淘汰。

　　最后留下三位,总算通过了初赛,但一进入复赛,喝不到三杯,全都烂醉如泥,支撑不住了,又被护理队一个个地架了出去。

赛场上顿时冷了下来,大家以为比赛到此结束,可谁知,冯厂长往全场扫了一眼,大声说:"同志们,12位参赛者的水平大家都看到啰,说实话,我并不十分满意,现在还有没有能超过他们的?可以再来试试。"

冯厂长的话刚说完,"噌"地跳出一个人,喊道:"我来试试!"

众人一看,吓了一跳,应声者竟是个光彩夺目的漂亮姑娘,她叫李晓岚,是个勤杂工,年纪20岁,长得唇红齿白,秀眉杏目。

此刻,她脚蹬乳白色高跟鞋,身穿一套粉红色连衣裙,显得曲线流溢。她几步跨到餐厅中间,在桌前站住,脑袋一晃,披肩发漂亮地甩往脑后,然后很有风度地对冯厂长一扬头,说:"请倒酒吧!"

冯厂长想不到平地冒出来一位女将,呆呆地看着她,问:"你……你能行?"

李晓岚微微一笑,举起个小拇指,说:"想不到我们厂的男同胞只有这么点儿水平,果真如此,我早该上场了。"

冯厂长还是有点将信将疑,又问:"你真能行?"

李晓岚嫣然一笑:"请厂长别男尊女卑!"接着她自己端起酒瓶,往大碗里倒好了半斤酒,举到嘴边,"咕噜噜"一口气喝了个一干二净,然后递还空碗,往旁边的椅子上一坐,静静地看着众人,等着那规定的五分钟过去。

餐厅里一下子鸦雀无声,几百双眼睛都紧紧地盯在李晓岚脸上。

李晓岚镇静自若,面不改色,五分钟后,她稳稳地站了起来,带着笑容,向众人恭恭敬敬地鞠了一躬,然后清清嗓子,唱起了歌曲《十五的月亮》。歌声悠扬动听,如行云流水,一会儿把人们的情思带到了千里迢迢的边关,一会儿又回到了金谷飘香的田园……随后,她又跳起了节奏感极强的迪斯科,跳得既紧凑又舒缓,强烈的时候如惊雷霹雳,舒缓的时候又像太空漫步……

舞蹈结束了,人们还沉浸在痴迷中,足足呆了一分钟后,餐厅里才骤然爆发出一阵暴风雨般的掌声。

接下去,李晓岚又按照比赛规定,开始喝一杯酒、唱一支歌、跳一个舞;她喝过五杯酒,唱过五支歌,跳了五个舞,全场的人看得都目瞪口呆了,她还像没事一样,微笑着看着周围一张张脸孔,清清楚楚地报出他们的名字,还叫出他们的诨号,甚至说出一段属于他们的笑话来,思路清晰得像深山里的泉水,惊得大家不停地扭胳膊、咬舌头,以为这是在做梦。

冯厂长大喜过望,他当众宣布:李晓岚在这场喝酒比赛中摘取桂冠,名列第一,是东风电机厂的"喝酒状元"。

第二天,对这位"喝酒状元"的重大奖励也公布于世了:李晓岚平步青云,免去勤杂工的工作,被任命为厂公关部部长。

李晓岚以为公关部是搞技术攻关的,高兴极了。她刚刚电大毕业,早想搞技术工作了,于是就问:"冯厂长,你叫我攻什么关?"

冯厂长回答她两个字:"喝酒。"

李晓岚吓了一跳,以为冯厂长在开玩笑,就做了个鬼脸道:"有这么好的工作? 我真要给你三鞠躬啰!"

冯厂长认真地说:"这是真的,让你专业对口嘛!"

李晓岚忙解释说:"我学的机械专业,对口应该是技术工作……"

冯厂长一摇手止住她,摇摇头说:"你的专长是喝酒,专业对口也应该是喝酒。"

李晓岚呆住了,眼睛睁得滚圆,整整三分钟说不出一句话。

冯厂长是在说笑话吗?

不,冯厂长说的是百分之百的真话。

这几年,冯厂长在跑业务、搞供销等实际工作中,越来越觉得：作为一个厂长，是不能不会喝酒的。不知从什么时候起，这类经营交易已经从办公室移到了酒桌上，一切都在杯来盏去中进行。有人说，如今做什么事都要"感情投资"，而酒是液体的感情，流动的感情，感情一流动，什么都迎刃而解了。有的人尽管在许多场合是一副正人君子的模样，大有一种公事公办的架势，可一上酒桌就判若两人，碰杯赌酒面红耳赤，醉醺醺地拍胸脯，什么都好说、好商量，正所谓"关系杯中结，原则酒中流"。而冯厂长向来滴酒不沾，碰到这种场合就吃了不少亏。

面对这种无可奈何的局面，他一个小小的厂长又该怎么办呢？扭转这习俗不可能，退避三舍也不行。他左思右想，就决定选拔一位会喝酒的来为自己"保驾"，于是，就搞起了这场轰动全厂的喝酒比赛。

冯厂长讲完这一切，最后对李晓岚提出了殷切的期望，希望她发挥会喝酒这个特长，搞好公共关系，利用喝酒为工厂作出贡献。

李晓岚怎么也没想到人生中还有这么一个"战场"，觉得这简直有点滑稽可笑，她是个争胜好强的人，什么事都想见识见识，沉默片刻，当下点头答应，说："要真有这种事，我就试试。"

事情也怪，冯厂长自从有了李晓岚这位喝酒状元"保驾"，做什么事都比先前得心应手了。厂里来了客人，或到外地去谈业务、搞供销，冯厂长把李晓岚请到桌前一站，全场气氛顿时活跃起来。

李晓岚天生丽质，娉娉婷婷，她端着酒杯，笑微微地给你劝酒敬酒，和你碰杯，谁的心里不是乐滋滋的！再加上她能歌善舞，人家喝得目糊神迷的时候，她这么轻悠悠地唱上一曲，颤悠悠地舞上一段，多少难事烦事，统统在灯红酒绿中烟消云散，顺利解决。

光阴似箭，转眼一年过去了，李晓岚在酒海肉山中纵横驰骋,越来越得心应手了,一年下来,"战功"赫赫,冯厂长连连称赞她是电机厂的有功之臣。

不久,厂里为落实第二年的生产业务,决定在厂内召开一次订货会。冯厂长说,在这次会议上,需要李晓岚大显身手。

李晓岚连连点头:"一定全力以赴!"

可谁知,邀请书发出不久,李晓岚突然病倒了,送进医院一检查,说是因为饮酒过度,肝脏受到了严重损害,需要相当长时间的休养和治疗。

医生特别警告她:再也不能喝酒了!

这消息,简直像一闷棍打昏了冯厂长的脑壳,怔得他半晌说不出一句话来。李晓岚不能上场"参战",那厂里的订货会怎么办?不说前功尽弃,也会黯然失色。

冯厂长捧着乱成了一锅粥的脑袋,接连抽了三支烟,最后决定,尽快找替补队员,尽量减少损失……

订货会终于如期召开了,外地客人陆续到了厂里。

可是,好几个单位都是慕名而来的,他们听说电机厂有位"喝酒女神",想趁机来见识见识。特别是有一家工厂,半年前在与电机厂的一次业务往来中,那位厂长与李晓岚赌酒,弄了个狼狈不堪,为报这"一杯之仇",他回厂后也搞了次喝酒比赛,选出了一位"喝酒王子",这次带来,是准备来比个高低、决个雌雄的,所以他们一到电机厂,就点名要李晓岚陪他们喝酒。

对此,冯厂长简直有口难言,但他知道不能直言相告,否则会使这些厂家扫兴的,一扫兴,他这个订货会就要"泡汤"了。直到这时候,他才知道那些替补队员是不行的,他只得强装笑颜,连声应允,然后迟迟疑疑地赶到了李晓岚家里。

这时候,李晓岚正坐在火炉旁煎药,她面颊消瘦,嘴唇泛白,眼窝里有一团浓重的阴影……

面对如此模样的李晓岚,冯厂长不由得心里一阵发酸,哪里还开得了口啊!

聪明的李晓岚一眼看出冯厂长有难言之隐,就问他有什么事找她。

冯厂长抓抓头皮说:"我……我一看你病成这个样子,就……就不敢说了……"

李晓岚装出个笑容,说:"有什么不敢说,我又不是老虎!"

冯厂长沉吟良久,最后牙一咬,说:"好吧,我……我说,我……我实在是为了……为了这个厂啊!"

接着,他就把来参加这次订货会的一些厂家指名要李晓岚陪酒的事说了。说完,他低下了头,再也不敢看李晓岚。他的心情很复杂,既担心李晓岚摇头拒绝,又害怕李晓岚点头答应。

李晓岚足足有五分钟没有开口,她的心情也很复杂,也是既不敢点头答应,又不忍心摇头拒绝。

她看着愁眉苦脸的冯厂长,看着这位五十多岁男子汉的满头白发,心一下子软了。冯厂长为这个厂熬白了头发,熬尽了心血,而我,在工厂最需要的时候,却不能上阵了,这对得起冯厂长吗?俗话说:"养兵千日,用兵一时。"在这关键时候,我说什么也该挺身而出!

想到这里,李晓岚一下子激动起来了,她"呼"地站起身,对冯厂长说:"为了工厂,我……我去!"

晚上,订货会的接风宴在潇洒楼举行。

客人入席后,都在窃窃私语,东张西望,冯厂长知道,他们都在等待着李晓岚。

果然,当李晓岚穿着一套白色的连衣裙,轻云般飘进酒宴时,全场欢声雷动。

冯厂长偷偷地瞥了李晓岚一眼,见她苍白的脸上抹了层淡淡的胭脂,强装出几丝淡淡的笑容,心里就难过得要哭。他不敢再去看她,他不知道这位姑娘今天晚上会撑到什么地步。

李晓岚在人前站定,微笑着端起一只酒杯,倒满一杯酒,说:"各位尊贵的来宾,我首先代表我们的冯厂长敬大家一杯,感谢大家光临我厂,并希望诸位多多支持我们厂!"说完,她一仰脖子,把酒一口饮下。

客人们先是报以一阵热烈的掌声,接着好几个人争先恐后地开口喊:"只要李小姐够意思,我们什么事都好说!"

"对!久闻李小姐大名,今晚让我们见识见识啰!"

"先来三大碗,合同保证订!"

"对……"客人们又是一片热烈的掌声。

李晓岚一杯酒下肚后,心里就有点不好受了,一股凉意顿时在她的体内迅速蔓延,她有些担心,害怕会支撑不住,耳边一遍又一遍地回响着看病时医生的警告:你再也不能喝酒了……

可箭在弦上,岂能不发?她强忍住眼眶里打转的泪水,微笑着对大家连连点头:"我……我一定奉陪……"

这时候,那位喝酒王子出马了,他几步走到李晓岚面前,双手抱拳,作了个揖,说:"久闻李小姐大名,我是慕名而来的。我们厂长说了,他今天带来了50万元业务,只要李小姐看得起我们,咱们一起来干三碗白酒,这合同就算敲定了。"

李晓岚当即轻轻一笑:"谢谢你看得起我,你说话算话,我就与你干三碗。"

"好,痛快!"喝酒王子胸脯一拍,说,"我们当然说话算话。"

随后,他又转过身子,喊道:"厂长,你说呢?"

当即,席间站起来一个人,高声说:"我们是讲交情的,李小姐看得起我们,我们当然不会对不起贵厂的!"

他的话音刚落,又有好几个人喊了起来:"对,只要李小姐干了这三碗,我们的业务也给你了……"

李晓岚连声说:"谢谢,谢谢!"然后推过两个碗,手一挥,说:"那就……倒酒吧!"

客人们闻声都站了起来,几十双眼睛都紧紧地盯住了李晓岚。

只有冯厂长不敢目睹这个场面,他默默地低下了头,两只拳头捏出了两把冷汗。

李晓岚端起一碗,喝了;再端起一碗,又喝了。

端起第三碗的时候,她的身子开始摇晃,眼睛开始迷糊,肚子里有一种刀割般的撕痛,她觉得自己好像踩在棉花上了,身子轻轻地简直要飞起来似的。

她拼命地镇静住自己,凝聚住有些散乱的目光,装出几丝艰难的笑容。她觉得自己好像在走向一个神圣的地方,需要雄赳赳,需要气昂昂,需要作最后的拼搏。于是,她笑了,把第三碗酒高高举起。

这时候,她觉得晃荡在碗中的已不是酒,而是泪,然而,再苦的泪她也得喝下去。所以她眼睛一闭,又是"咕噜噜"一下子来了个碗底朝天。

可她毕竟不行了,头脑昏沉,双腿发晃,她怕过于失态,就顺势掩饰地跳起了迪斯科。

她跳着跳着,越来越强烈,越来越疯狂,仿佛在拼命发泄什么,扭曲的脸上满是泪水和汗水,好在她在强烈的摆动,客人们看不清她的"庐山真面目",还一次又一次地鼓掌。

只有冯厂长吓呆了,过了一会儿,忙站起来说:"诸位来宾,李小姐酒也喝了,舞也跳了,现在让她休息一会,我们干杯吧。"

客人们点头称好,他连忙递上一块毛巾,让李晓岚擦去脸上的泪水和汗水,然后与她一起离开了餐厅。

谁知刚出饭店门,李晓岚就重重地摔倒了,冯厂长连声喊她,可一点回音也没有。

冯厂长急忙吩咐两位早已整装待发的青年工人:"快……快送医院!"

可是,一切都迟了,李晓岚此一去没有再回来,她终因狂饮滥喝,酒精中毒过深,当晚就离开了这个世界。

听到这个消息,冯厂长也病倒了,他说不清是悔、是恨、是内疚、是无奈……

第二天,在东风电机厂门口,贴出了这样一份讣告:东风电机厂公关部部长李晓岚,在本厂的订货会上,带病工作,以身殉职……

多少人看了这份讣告,百感交集,潸然泪下,他们在心里一声声地呼喊着:"李晓岚,你不该走啊! 不该走啊!"

然而,不该走的还是走了。而这股党和政府三令五申应该杜绝的公费吃喝风,何时才能销声匿迹呢?

当天下午,不知是谁,用黑笔在讣告上写下了这样两行字:

如花年华,冤赴黄泉路;
不正党风,美酒酿悲歌。

（赵和松）

帮贼偷肥猪

　　张三是个有名的酒鬼,因为醉酒,不知误过多少事,出过多少笑话。

　　且说这天半夜,张三又喝了个眼直舌头硬,这才一路风摆杨柳往家走。来到家门口,只见自家的猪圈旁停着一辆柴油三马车,一个人正在猪圈里鼓捣着什么。

　　张三醉眼蒙眬地打着酒嗝凑了过去。只听这人说道:"喂,这位大哥,快来帮帮忙,我的猪掉进猪圈里去了,你快来帮忙拽一把吧!"

　　张三闻听,"啊唷"一声翻了口酒,说:"这……是……我家猪圈,你……你莫不是偷猪的吧?"

　　这人道:"哎呀,这位大哥是喝多了,你的猪不在那趴着嘛!"

张三揉揉眼,可不,猪圈里果然有个黑乎乎的东西在那趴着,就放了心。然后十分不情愿地说:"你……这家伙真……真会抓差,幸亏碰上了我,我……我就帮你一把……"说着,打个酒嗝,就来帮着往上拽。

两个人一上一下,一齐用力,总算把这头大肥猪弄出圈来。这人又说话了:"大哥,帮人帮到底,你还得帮我架到三马车上。"张三说声"倒霉",又十分不情愿地帮着把这头猪架到车上。

三马车开走了,张三回屋睡觉了。

第二天一早,妻子起来喂猪,发现圈里的大肥猪不见了。只见圈里有不少猪吃剩下的酒泡馒头。妻子心想:坏了,一定是夜里猪吃了酒泡馒头,让偷猪贼给偷走了! 慌忙喊起张三。

张三此时还没醒酒,闻听丢了猪,哪里肯信? 不耐烦地说:"你……别老母鸡下蛋似的瞎嘎嘎。夜里有个人把猪掉进咱家猪圈里,还是我帮着架上车的呢! 咱的猪没丢,我亲眼看见在窝里睡大觉呢!"

妻子听了更是气不打一处来:"哎呀,你这个醉不死的酒鬼!你真是让猫尿灌迷糊了,你快去看看吧,咱的猪在哪里?"

张三闻听,这才醒了酒,起身来到猪圈前,一看,圈里空空的,哪里有什么大肥猪? 只有一件偷猪人丢下的破棉袄! 张三"啊唷"一声,一拳砸在脑袋上,顿时悔了个肠子青……

(周宝忠)

一醉解千愁

总务科老郝人到中年渐渐地发了福:两只眼睛眯成了一条线;整天挺起个大肚子,像个孕妇一样。他有一个最大的爱好是喝酒,几乎每天都要来个三两五两的,只要有酒喝,不吃饭都可以。为此,妻子常和他争吵不休。他的回答是:"对酒当歌,人生几何?我一辈子不嫖、不赌、不抽烟,就是这点爱好嘛!"妻子拿他没有办法,只好眼看着他把每月工资的一大半都喝进了永远也装不满的大肚子里。

一天,下了晚班,老郝走进家门后坐在饭桌前,就照例要酒喝。妻子说:"家里没酒了。"老郝说:"买嘛。"妻子说:"没钱了。""我这有。"老郝一摸口袋却是空空的,就说:"去隔壁邻居家借一瓶嘛。"妻子没好气地说:"要借你去借,我没脸再去了,已经借过人家好几瓶了。"老郝想不去,嘴里又好像有酒虫在爬一样,忍不住酒瘾,只好自己动身去敲邻居人事科任科长的门。

任科长闻声把老郝迎进了门,还没等老郝张嘴就猜明了来意:"老郝,是不是家中又断酒了?""嗯,真不好意思。""没关系,没关系!"任科长说着就去食品柜里取出一瓶西凤酒,递在老郝手里。

老郝见了酒,就如同猫见了鱼腥一样,眉开眼笑地直咽唾沫:"谢谢! 发了工资后我就买来归还,再见!"

"慢!"任科长留住老郝说,"今天你来得正好。厂里有桩美差事叫我物色人选,不知你愿不愿意干?""啥美差事? 是不是赴宴喝酒?""你猜对了。是这样的:近来厂里的业务应酬越来越多,很多生意都是在酒席宴上谈妥的。咱们的巴厂长招架不住,想请个代酒员,你看咋样?""太好啦,我去我去! 保证完成任务。"

于是,老郝就以厂长助理,实际上是代酒员的身份,经常陪同巴厂长进出酒楼餐厅,每次他在客人硬要劝酒时,替领导解了围。他自己虽然常常被灌得酩酊大醉,但从不认为是个苦差事。他妻子为此好意劝他道:"不要钱的马尿你要少喝,小心你哪天醉死了不好写祭文。"老郝笑笑说:"你不要'咸吃萝卜淡操心'了。这就叫不喝白不喝,喝了也白喝。就是做了醉死鬼,我也痛快!"

有一天,从四川来了两个大买主,上门洽购大批产品,厂长与供销科长又照例在杜康酒家摆宴招待。宾主在杯盘交错中谈开了生意,老郝也照例坐在巴厂长旁边作陪。四川人酒量大,一笔大生意就在你敬酒、我劝酒中成交了。巴厂长虽然很高兴,却不胜酒力,这时,老郝又当仁不让地连连代酒。客人见老郝喝得痛快,便转换进攻对象连连向他敬酒,最后又划开了拳。老郝连连输拳,连连遭罚,喝得简直像个红脸关公。

天色渐晚，一瓶汾酒只剩下一半了。客人又小杯换大杯地给老郝倒上了一大杯，然后自己也倒了一大杯，说："为了祝贺我们今日的生意成交，来，最后干上一杯！"老郝酒醉心明，感到自己实在不能再喝了，就推辞说："我不、不行了。"客人说："我知道你是海量。俗话说，感情好，一口了；感情深，一口吞。你要不干，就是看不起我们外地人呀！"另一个客人也鼓励道："喝吧，三杯通大道，一醉解千愁嘛！"客人的话，说得巴厂长不住地点头，老郝似乎也受到了鼓舞，端起足有三两的大酒杯，扬起脖子一饮而尽。这一喝不打紧，只见老郝把空杯子一丢，脑袋就像霜打的茄子垂落了下来。客人们连忙扶起他，他却双目紧闭，浑身冒汗，不说一句话了。巴厂长用手在他鼻前一探，大吃一惊，说："坏了，怎么不出气了？快！快送医院！"

老郝被厂长的小汽车送进了医院。急诊室的大夫用听诊器听了病人的心脏，说："急性酒精中毒，心脏都不跳了。"

老郝醉死了，死在了为厂里推销产品的酒席宴上。厂里认定他是因公殉职，开了一个隆重的追悼会，会场两边挂着醒目的黑绸白字挽联：

　　三杯通大道长不醒
　　一醉解千愁乐到头

横批是：安乐死。

（王寅明）

荒 唐 赛 酒

　　生活中真正的悲剧,常常以非艺术性的方式出现,它们绝无理性,甚至到荒谬绝伦的程度。

酒死一生

一个酒徒,喝酒过量,醉死过去,昏迷中被两个小鬼抓去了。

进了宫殿,小鬼对酒徒说:"见了阎王,你怎么还不跪下?"

酒徒一听"阎王"两字,突然醒悟过来:难道我已经死了?

他一急,酒劲儿上来了,一反胃,"哇"一口把脏物都吐到了阎王的脸上。

阎王气得破口大骂:"这个混账醉鬼,赶快给我轰出去,离我越远越好!"

于是,酒徒就被从阴间赶了出来,又回到了阳间。

他睁眼一看,见妻子正扑在他身上号啕大哭呢,忙说:"哭什么,还不赶快给我拿酒来。"

妻子说:"你刚才都醉死了,才活过来,怎么还要喝呢?"

酒徒摆摆手,说:"你不知道哇,我若不是喝多了,吐了阎王一脸,这回我就回不来了。我是因酒而死,才有了这一条生路,所以这叫'酒死一生'。难道这还不应该再喝一杯庆祝庆祝吗?"

(李果钧)

酒海骗酒

从前有个叫张三的人，是个"酒海"，他一餐喝十斤酒而不醉。有一次，他到汉口走亲戚，路过黄州府城时，正是中午，就想进酒家饱喝一顿，又谁知一摸身上的钱，坏了，被小偷偷了。

怎么办？张三呆愣了一会儿，忽然眼珠一转，有了。

只见他大摆大摇地走进一家非常气派的酒店。这个酒店是一个财主开的，店里有个规矩：富人喝酒出门算账，酒好，酒钱也公道；穷人进店先付钱，后喝酒，而且打的酒不是掺水，就是缺斤短两。店里的伙计向来是以客人打扮、派头来侍候。

这个规矩可苦了那些老实巴交的穷苦人，而此时，却正好帮了张三没钱喝酒的忙。因为张三到省城走亲戚，穿着自然阔气，加上他再把派头一摆，真是不同凡响。

伙计一见,以为是富商巨贾驾到,急忙点头哈腰地迎了上去,说:"客爷,您请里面坐。"

待张三坐好之后,伙计又请教尊姓大名,张三假装不耐烦地说:"谁人不认识我'再吃杯',问什么问?"

伙计见此,忙低头道歉,张三却仍然一脸不高兴地说:"还不快去拿酒来!"

伙计回答:"我这就去。"

张三又道:"店里有什么好酒,尽管拿来,只要酒好,我不在乎钱不钱的。"

"是!"伙计立即去拿了两壶上等好酒和几样好菜,恭恭敬敬摆在张三面前的桌上,张三马上大吃大喝起来。

不一会儿,张三把两壶好酒喝了个底儿朝天,又喊伙计再去拿两壶来,两壶喝罢,又要了两壶。

伙计从没见过酒量这么大的人,一面吃惊,一面高兴:今儿遇上好客了,又给张三添了几个好菜。

张三好不高兴,一连喝干了二四得八壶酒。

吃饱喝足,张三就把筷子一扔,酒壶一推,起身便往门外跑。

伙计正等张三结账,抬眼见张三开跑,心想:不好,此人未付酒钱就跑,分明是个骗嘴的,老板怪罪下来那还了得?于是拔腿就追,边追边喊:"拦住他再吃杯!拦住他再吃杯!"

一群结伙经商的人,见一个人前面跑,一个人在后面追喊,不知出了什么事。

正要拦住张三,张三连忙笑道:"没你们的事,我已喝多了,再喝一杯就醉了。"

这伙人一听,又见追的人大喊"再吃杯",以为是留客喝酒,便没有管这个闲事,让张三跑了。

那个伙计气喘吁吁地追来,不见了张三,继续往前追。

这伙人中有一个见了,就好笑地扯住伙计说:"你也太死板了,人家已经喝不得了,怎么还要他再吃一杯呢? 有酒自己还不能喝么?"

"咳!"伙计又急又无法说清楚,要挣又挣不脱,只好叫苦连天地说,"哎呀,你们弄错了,不是我留他再吃一杯酒,而是他的名字叫做再吃杯,他吃了我们店里八壶好酒好菜,还没给钱,我是追他算账的呀!"

"噢!"扯住伙计手的那个商人这才明白过来,连忙松手,可此时哪有张三的人影子?

张三就这样分文不花,白喝了八壶上等好酒。不过消息传开,一些知道这家酒店平日捧富欺穷为人的,无不拍手称快。

(王松平)

塞
块
肉
来

　　从前,有这么一家人,小两口儿和一个老爹过日子。三个人都识文断字,还能溜几句打油诗。儿子不知怎么的喝酒成瘾,整天喝得醉醺醺的,他爹看不惯,就写了一首诗贴在儿子的房门上:

　　　　劝儿莫再把酒酗,做件衣裳穿在身;
　　　　如今世态多炎凉,只重衣衫不重人。

　　儿子从酒场归来,看了看门上这首诗很不以为然,也和诗一首,贴在父亲的房门上:

> 孩儿偏要把酒酗,不做衣裳穿在身;
> 倘若一日无常到,不要衣裳只要人。

老头儿见了儿子的诗很生气,想了想,又在儿子的房门上写了一首诗:

> 酒过喉咙一场空,盖座新房一世荣;
> 饮酒太多伤肠胃,戒酒自有百财生。

儿子已成酒鬼,岂能接受老爹的训教?又针锋相对地写了一首反驳诗,贴在父亲的房门上:

> 人活一世都为嘴,有房无房无所谓;
> 掏钱难买天天醉,不想百财想百杯。

老头子一见儿子和自己唱起对台戏,气得吹胡子瞪眼,决心治治这个不争气的酒鬼儿子。

老头儿会做酒,每年都要亲手烧一缸酒待客用。这时他刚好烧出一缸干汁酒,黄昏时他去给这干汁酒加水时,看见缸沿上扒着一个人,不由暗暗吃惊:这人是来偷酒呢,还是在投毒?他抢上前去大喝一声:"何人如此大胆?"

那人趴在缸上一动不动,只稍稍抬了抬头,说:"爹,是我!"接着又俯下脑袋,就着缸"咕嘟咕嘟"喝起酒来。

老头见是儿子在偷酒喝,气得七窍生烟,骂道:"畜生!这刚烧出的干汁酒劲大性烈,神仙都不敢喝,你就不怕烧断你的肠子?"

儿子抬起头嘻嘻一笑,说:"我喝那兑过水的酒不过瘾,喝这干汁酒才上口。"说罢,又俯身喝起来。

　　老头儿气得直打哆嗦："狗东西,老子今天就叫你喝个够!"说着窜到酒缸前,抓住儿子的两条腿往上一提,就把他塞进了酒缸里,又顺手抱起一扇石磨盖到酒缸上,这才气咻咻地回房睡觉去了。

　　整整一夜过去了。媳妇见丈夫一夜未归,不知怎么回事,天一亮就来问公公："爹,你儿昨晚一夜未归,快去找找吧!"

　　老头儿没好气地说："不用找,我把他关了禁闭!"

　　媳妇一听急了："爹,你私设刑罚这是犯法的呀,快把他放出来!"

　　老头儿板着脸说："咋,老子就是犯法了,你还敢把老子也关到酒缸里?"

　　媳妇一听这话吓坏了:天哪! 公公竟然把丈夫关进酒缸里!整整淹了一夜,还不把他给淹死了! 她拔腿就往放酒的小屋里跑去。跑到那里一看,酒缸上放着一扇石磨,想搬搬不动,俯身对着磨眼听了听,里边没一点动静,不由放声哭诉道:

　　　狠心公公盖酒缸,怎不叫奴心发慌;
　　　丈夫如果被淹死,可怜一世做孤孀!

　　其实,她的酒鬼丈夫并没死,这家伙被塞进酒缸里,可说是如鱼得水,一阵猛喝,满缸酒就被他喝得只剩下半缸。这会儿他正美美适适地泡在酒液里打盹儿哩,听到妻子的哭诉声醒过来了,于是打了个哈欠,大声吟道:

　　　贤妻不必空悲哀,严父盖缸切莫开;
　　　倘若还念夫妻意,磨眼儿塞块肉进来!

　　　　　　　　　　　　　　　　　　　(曹宝泉)

酒桶喝酒

　　唐明皇的一个侄子汝阳王，特别喜欢喝酒，只要来了客人，拉住了就和他对饮，一喝起酒来常常不分昼夜，酒量也大得不得了。

　　汝阳王喝酒出了名，当时，人们把他称为"饮中八仙"之一。

　　当时有个道士叫叶静能，本事也大得吓煞人，当年唐明皇游月宫，据说就是叶静能陪他去的呢。

　　有一次，叶静能去拜访汝阳王，汝阳王酒兴正浓，就硬拉着叶静能要喝酒，还说非要一醉方休不可。

　　叶静能笑着说："我不会喝酒。不过我有一个徒弟，酒量很大。他虽说长得矮小，相貌平常，但谈吐不俗。明天我让他来陪您喝酒，您一定会满意的。"

第二天早上，果然有个道士登门，送进来的名帖上写着"常持满"三个字。

汝阳王笑着说："好，看这个名字，就知道他是个好酒量，快请进！"

道士进门，原来是个矮子，胖乎乎的，模样实在有些丑陋。不过坐下来一谈论，就口若悬河，从盘古开天地说起，三皇五帝，历代兴亡，天时地利，经史子集，娓娓说来，滔滔不绝。

汝阳王听了，张口结舌，简直不敢和他对谈了。

说了一会儿，矮道士见汝阳王似乎对这些话题不感兴趣，就及时改换话题，只讲些吃喝玩乐、街谈巷语一类的事。

汝阳王一听，正中下怀，顿时笑逐颜开，对矮道士说："看先生的风度，大概也很喜欢杯中之物的吧？"

矮道士笑着说："客随主便，一切就听从您的安排好了。"

汝阳王大喜，当即吩咐手下摆开酒席，要和矮道士痛饮几杯。

酒过三巡，矮道士说："这样一小杯、一小杯地喝，也太气闷了。倒不如抬一大缸酒来，让我们两人自己随便舀着喝，想喝多少就喝多少，岂不痛快？"

汝阳王拍手叫好，连声说："痛快，痛快，我还从来没遇见过先生这样的爽快人。好，今天非要一醉方休不可！"当即命手下抬来一大缸上等佳酿。

两个人都换了大碗，用大碗到缸里去舀酒来喝。

喝着喝着，汝阳王已经有些醉醺醺的，快要撑不住了，而矮道士却依旧狂饮不止，汝阳王心中暗暗钦佩，就在边上相陪。

忽然，矮道士把酒碗朝边上一推，摇摇头说："就差这一碗，我要醉了。不喝了，不喝了！"

汝阳王哪里肯放过他，抢过碗来又给他舀了满满一碗酒，劝道："看先生的酒量，起码还可以喝三大碗。来来来，喝了这一碗!"

矮道士拗不过他,只好说:"您难道不知道凡事都应有个限度吗?何必勉强呢?好好好,今天我是舍命陪君子,就喝了吧。"说完,仰起脖子就把这一大碗酒"咕嘟咕嘟"灌了下去。

这一下可闯了大祸,矮道士喝完这一碗之后,不由自主地跌倒在地上。

汝阳王见了,慌忙去扶,哪里还有矮道士的踪影?倒翻在地上的竟是一只大酒桶。

汝阳王这才恍然大悟:这是叶静能这个老道士在变着法儿捉弄自己。

从此之后,汝阳王一看见酒就会不由自主地想起那只大酒桶,他再也不敢过量饮酒了。

(顾希佳 编译)

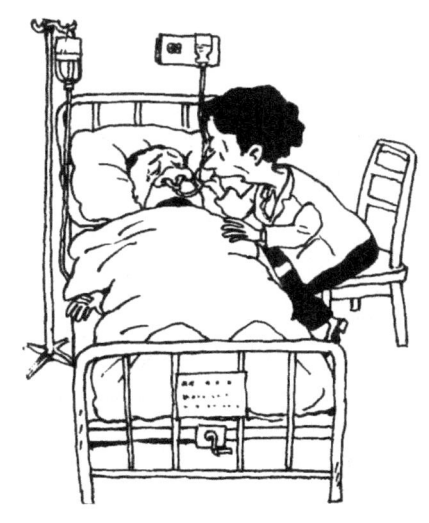

陪酒烈士

　　胡县长一次醉酒醒来之后，立刻意识到自己喝酒水平太低，难当拼酒大任。

　　可是，身为一县之长，今后不可能不与外界交往，不可能没有客来，不可能不设宴招待。凭着自己的水平，能与人家"一口闷"喝出感情来吗？为此，胡县长觉得当务之急，就是得找个有酒量的人专门陪酒。

　　这天，胡县长听说管乡镇企业工作的老史，酒量十分了得，有一次，他与同桌人对喝，他一个人先喝了一瓶五粮液，再喝了一瓶湘泉，然后还喝了三瓶啤酒，晚上照样打扑克。

　　"好！"胡县长一拍桌子站起来，像伯乐发现了千里马似的高兴。

他喊来老史说:"今后凡是要喝酒的场面,都由你来对付!"

老史连连摇手:"不行,不行,我的肝有问题,喝不得酒。"

胡县长打着"哈哈"说:"不要怕,这叫'人尽其才,物尽其用'。为工作喝酒,喝死了我给你算烈士。"

正说着,办公室主任来报,说邻县的县长带了一帮人外出参观路过本县,在招待所就餐,问胡县长能不能赴宴。

胡县长一拍桌子说:"来得正好!我和老史一起去陪同。"说罢拉起老史,有说有笑地朝招待所走去。

经过当场检验,老史果真是海量中的海量,他独当一面,把对方的几位头头灌得颠三倒四,最后只好认输。

稳坐一旁的胡县长见了喜笑颜开,无比欣慰。

有了老史这张王牌,胡县长参加任何酒席,都得胜而归。

哪知半年后的一天晚上,老史从招待所陪客回来,感到平日经常隐隐作痛的肝脏突然间如刀绞般疼痛,等到送到医院,经医生检查,说是肝硬化导致肝坏死,已无可救药。现年才五十三岁的老史,不几天就魂归西天,一命呜呼。

噩耗传来,胡县长悲哀万分。

就在这时,有人来向胡县长报告,说老史的夫人孟大姐正坐在病房门口,不准护士把老史的尸体抬走,指名要胡县长亲自去见她,如果不去,她就让老史的尸体烂在病床上,臭了整个医院。

说到这位孟大姐,可是全机关家属中的知名人物,她原是山里女人,生性泼辣,文盲一个。虽然随老史进城住进了县政府宿舍,却丝毫没改变她那山里妇女的野性,冬天不穿袜,夏天打赤脚,头发经常像鸡窝,骂起孩子来犹如唱山歌。大家讨厌她,但还是尊称她"孟大姐"。

胡县长听说这位尊神要他去,虽然心里发怵,但又不得不去。

他刚来到病房门口,就见孟大姐猛然站起来,双手叉腰,怒目圆睁，像教训儿子一样叫起来："我男人是怎么死的？"

"这……"胡县长语塞了。

孟大姐吼道："医生说他是呷高度酒呷得太多。我问你，那酒是不是你要他呷的？他临死前告诉我，是你说的，他呷死了按烈士处理。现在我要你给他落实烈士政策！"

胡县长慌忙说："不，不，那是开玩笑的话。"

"什么？当县长的讲话不算数？你开玩笑，我不跟你开玩笑！"说完，一屁股坐到门洞里的凳子上，双脚伸过去把门拦死，然后又呼天唤地大哭起来……

胡县长从医院回来，又气又急，在办公室里边搓手边气急败坏地嚷着："哪里出现过'酒烈士'？真是无理取闹，那酒是他自己喝下去的，又不是我逼着灌下去的……"

胡县长的牢骚没发完，突然一抬头，只见孟大姐已凶神恶煞般地走了进来："说呀，怎么不说了？堂堂县太爷还怕个平民百姓？"

孟大姐说着走到胡县长身边，"砰"的一声，将一瓶酒顿到他面前："刚才你说那酒是我男人自己呷下去的，现在你把这瓶酒一口呷下去。你不呷就是婊子养的！"

胡县长好不尴尬，愣怔了好一会儿，才挤出笑颜，好言说道："孟大姐，请你先回去，让我再考虑考虑，保证给你个答复。"

孟大姐不屑地看他一眼："谅你也不敢骗我！"

待孟大姐走后，胡县长才长叹一声。经过他亲自奔走，以老史陪客喝酒也是工作的需要，虽然不好称"烈士"，但也是因公死亡，所以决定把老史那个在家待业的儿子招干，以慰老史在天之灵。

然而，当胡县长把这一决定告诉孟大姐的时候，孟大姐瞪起一对斗牛眼说："还有我呢？"

胡县长说："你每个月有抚恤金。"

"那点抚恤金能养活我？我也要招干。否则我男人的尸体你们就别想埋！"

最后交涉来交涉去，只好把孟大姐招了工。

处理完老史的丧事后，胡县长长长地嘘了一口气。

但时隔一个月，地区计划生育检查团来山城县检查计划生育工作，胡县长认为能不能达标跨进二类县，接待工作非常重要，于是就吩咐招待所要舍得花血本招待。

可是，接风宴席摆好，那陪酒的事可愁坏了胡县长。但愁归愁，客人已入席，总不能不去陪呀！胡县长决定背水一战，豁出命也要让客人们喝个满意，喝出感情，喝出个二类县来。

于是，胡县长便每次宴席都亲自去陪，每次总被灌得酩酊大醉。

这天，胡县长又喝醉了，踉踉跄跄正要往一根电杆上撞去，被一个眼明手快的过路人搀住了："胡县长，你是不是多喝了一杯？我这里有药，你吃一粒试试。"

胡县长醉眼蒙眬地看着对方："你是……"

"我是黄茅乡的副乡长，叫肖军。这是我研制的醒酒药。"

胡县长接过一粒像羊屎般大小的药丸，一口吞了下去。奇怪，这药丸像仙丹一样，带着一股芳香和清凉，穿过喉咙，钻进胃里，传遍了五脏六腑，然后又沿着脊骨袅袅上升，直冲脑顶。只一瞬间工夫，肚子就不再难受，大脑就不再昏沉，那酒已经全醒了。

胡县长惊喜得跳起来，一把抓住肖军的双肩："这醒酒药真的是你发明的？"

肖军说："那还有假？经过多次试验，一粒药能把三斤六十度的白酒化解成水。只要在酒前吃下一粒，任何场面都能应付。"

"好，你身上还有多少？一起给我。"

经过几次试验，肖军的醒酒药确实是粒粒皆灵，效果极佳。

胡县长欣然命笔，取名"醒神金丹"，并把肖军召到县府，要他马上筹建制药厂，规模、名气都要超过已有的一切名牌药，远销世界各地，为本县经济创收、为世界酒民造福！

肖军说："感谢领导的鼓励。不过，我这药中最关键的原料是一种动物的排泄物，而这种动物自然界很少，人工繁殖成活率极低。我正在攻克这一技术难题，等成功之后才能大批繁殖，才能建厂生产。现在我还只能极少量的加工，供极少数的人使用。"

胡县长不免感到遗憾，但他仍指示说："你要抓紧时间把繁殖技术研究出来，越快越好，所需经费全部由财政支付。另外，从今天起你加工的醒神金丹，每生产一粒都要登记在册，上报给我，绝对不能让产品外流。这是我们的专利，一定要绝对保密。"半个月后，肖军果真被调到了县里。

由于有了肖军加工的醒神金丹，胡县长喝酒犹如牛饮水，没有一次不使对手目瞪口呆，佩服得五体投地。

于是一传十、十传百，不到半年时间，胡县长的酒量就名扬省内外。

可是这一天，胡县长喝了酒之后，忽然感到肚子疼痛，赶紧去医院检查。医生组成会诊小组反复检查，最后才在胃镜的帮助下，发现胡县长胃里长了个瘤子，医生们建议胡县长赶快到省医院去检查。

胡县长住进省肿瘤医院的第三天，医生们就给他做手术。打开腹腔一看，面对那个拳头大的肿瘤，这些专家权威们也茫然了：此瘤既不像良性的，也不像恶性的。他们不敢贸然动刀，于是就割下一点组织来化验分析，把剖开的腹腔又重新缝上。

如果说从县医院发现肿瘤那一刻起，胡县长就已经是惶惶不可终日的话，那么这时候他的精神支柱全部崩溃了。他知道，如果是良性的,医生就把它割了;不割,说明是恶性的,也就是说癌症已确定无疑。

他当即就吓得昏死过去了。

几个小时以后,胡县长才渐渐醒来,见身边站着几个医生。

一位医生问:"你平时最爱吃什么?"

胡县长说:"酒。"

"一次能喝多少?"

"三五斤,装不下了才不喝。"

"你有那么大的酒量?"

"别人给我一种解酒药,先吃药,再喝酒,就不会醉。"

医生"啊"了一声,说:"肯定是那药与酒发生了化学反应,产生了另一种毒素,从而产生了这个毒瘤。"

"啊?"胡县长一听,惊叫一声,又昏了过去。

第二次醒来,胡县长已是心力衰竭,浑身疼痛,觉得癌细胞正在向全身扩散。

他运足气力,一字一顿地对来陪同他的县政府办公室秘书说:"打电话回去,要县委对肖军立即撤职查办!"

等秘书走后,胡县长又泪眼婆娑地对他的爱人说:"我死了,你也要……学孟大姐,要求……按烈士……处理。"说完,他轻轻地叹了一口气,慢慢地闭上眼睛,等待着死神的到来……

(张绍庭)

酒随汗流

　　小张刚调进土地管理局办公室，就听人说头头王主任酒量特大，号称"两斤三斤心不慌，四斤五斤不过量"，当然这句话说的不是啤酒，也不是黄酒，而是白酒。

　　那天，王主任带了小张下去检查工作，下面自然设宴招待。

　　席间，小张想掂掂主任的酒量究竟有多大，就说："王主任，听说你喝酒是海量，我跟你打个赌，行吗？"

　　王主任一向对打赌很有兴趣，便随口答道："行啊，怎么个赌法？"

　　"你若一连喝下两斤白酒，不吐不醉，我就送你两瓶'五粮液'；要是你输了，你得送我两条'红塔山'。怎么样？"

　　王主任毫不含糊，手一挥说："君子一言，快马一鞭，拿酒来!"

王主任毕竟是酒桌上"过五关、斩六将"的人物,他不吃一口菜,就左一杯右一杯、直一杯横一杯地连干了十杯,喝完后面不红,气不喘,只是头上一个劲地冒汗,一片热气腾腾。

他左手拿块毛巾,擦一把汗,又干了十杯。

小张看出门道来了,他一把拉住王主任的手,说:"慢,我看你是个'酒漏子',酒都随着汗跑了,这不算。从现在起,不许冒汗,也不准擦汗,否则算你输。"

王主任十分爽气地说:"可以,我再喝两斤。"

他说罢,擦干了脸上的汗水,又继续喝酒,果然头上不再冒汗。

两斤酒下肚,王主任不吐不醉,依然谈笑自如,小张这才服了,可他弄不明白,王主任喝下这么多酒,既不出汗,也不尿尿,酒都到哪里去了呢?

他问王主任,王主任两手一抬,笑着说:"你看我腋下。"

小张一看傻眼了:王主任胳肢窝的衣服能挤出水来,一直湿到两肋,酒都从他腋下漏走了。

你想想,这样的"酒漏子",自然喝遍天下无敌手,谁斗得过他?

时隔不久,土地管理局那位已经退休的老领导闲来无事,到王主任的家乡钓鱼。

王主任是这位老领导一手提拔起来的,自然得陪同前往,中午还设家宴招待。

席间,那位老领导说:"小王,都说你能喝,我今天得看看你的酒量。"

他指指在座作陪的小张,说:"这样吧,我和小张一人喝一杯,你喝三杯,看谁先醉,怎么样?"

王主任不好推辞,只得答应。

就这样,我一杯你三杯、我两杯你六杯地干开了。当老领导和小张各喝下八杯时,王主任已经喝下二十四杯了。

王主任说去看看菜,起身离座。

老领导努努嘴,对小张说:"去,看他是不是去吐了。"

小张急忙站起来跟了上去,见王主任进了厕所,也就尾随而入。

可是小张进去一看,王主任并没吐,而是在流泪。

小张觉得奇怪:无缘无故地哭什么? 便问道:"王主任,你怎么哭啦?"

王主任摇摇头:"我不是哭,是漏酒。"

小张还是不解:"你每次都是流汗漏酒,今天怎么……"

王主任愣了一下,还是说出了心里话:"你呀,连这都不明白? 过去是喝公家的,今天可是喝我自己的呀!"

听王主任这一说,小张恍然大悟,心里说:噢,这就叫"喝公家的汗流,喝自家的泪流"呀!

(星　天)

尿酒开车

这事发生在防汛抗洪的时候。

那天，有一个三十多岁的汉子走进元城镇元丰饭店。此人身材高挑精瘦，皮肤古铜色，蓝布衫黑布裤，卷裤腿打赤脚。他一坐下，就叫嚷："老板，炒两个菜，来瓶宝元大曲！"

酒菜端上桌，他急不可待地咬下瓶盖，仰起脖子，"咕噜咕噜"一口气灌下半瓶酒，抹抹嘴唇说："啊，好酒！"又冲老板嚷道："哎，再来一瓶！"

等老板到厨房转一圈，端出一碟菜送到别的桌子上，他两瓶酒已经下了肚，敲着桌子说："我说老板，你干脆再送4瓶来，省得你一趟一趟拿。"

老板不禁咋舌，赔着笑脸说："这酒可是58度啊，一瓶一斤，喝六瓶受得了?"

"蓝布衫"哈哈笑道:"你怕我喝醉了赖账?"边说边顺手掏出一张百元大钞递过去,"十元一瓶,连菜钱总够了吧? 告诉你,宝元大曲我常喝,一顿六斤正好!"

老板只好又送来四瓶宝元大曲。

其他食客听蓝布衫口出狂言觉得稀奇,"呼啦"一下都围拢来看他喝酒。

蓝布衫也不理会,只顾自己喝酒吃菜。他喝得很冲,不一会儿工夫,桌上就摆了五只空酒瓶。

正在他喝最后一瓶酒时,进来一个开小卡车的司机。他把车子停在酒店门外,本想进来问个路,见这么多人围着看热闹,也挤进来瞧瞧。

听说蓝布衫不挪窝喝干了桌上那五瓶白酒,他实在不敢相信。

他绕着蓝布衫看了一圈,又掀开蓝布衫的衣服,摸摸他的身子,再蹲下朝桌底看了一会儿,直起身子连连摇头:"实在不可思议。我虽然见过不少喝酒不要命的勇士,但他们不是喝得汗流浃背,就是乱窜厕所,酒随着汗水或者尿解排出体外,像他这样'滴水不漏',真称得上是酒王了!"

蓝布衫听了很受用,扔根香烟给司机:"谢谢夸奖!"接着一仰脖颈,第六瓶酒也喝干了。

就在这时,又挤进来一个五十多岁干部打扮的人,冲着蓝布衫高叫:"我的小祖宗,真有你的,躲到这么远的地方来偷偷过酒瘾,害得我骑着车子四处好找呀! 快跟我回去,大堤上又发现渗漏了,王县长坐镇在那儿,叫你快回去摸清漏洞位置呐!"

原来,这蓝布衫名叫李三毛,本是元秀湖上的渔民,他14岁就跟随父亲下湖打鱼摸蟹,数九寒天也敢潜进湖里,仗的就是酒力。十多岁就学会大碗喝酒,整整喝了二十年,那酒量还能不上档次？

　　小卡车司机正是往元秀湖大堤运草包麻袋的，大路上塞车，他就抄小路走到这儿，三岔路口正不知该走哪条道，听说王县长急等李三毛，就说："搭我的车吧，你指路，我们能快点赶到。"

　　李三毛上了小卡车，司机加足马力开出去七八里地，突然，卡车熄火了，司机一看仪表，顿足道："该死，昨天忙昏了头，忘记加油了！"

　　他们知道，前面有个加油站，但离这儿少说也有三公里，跑去打油，来回要耽误很多时间。大堤岌岌可危，时间不等人呀！李三毛问："有没有别的办法？"

　　司机说："啥办法，要是那六瓶酒没有灌进你的肚子而是灌进油箱，酒精兴许能代替汽油。"

　　他说的是气话，李三毛却当了真，接口道："尿正憋得慌，我把它撒在油箱里不就行了。"

　　也不等司机答话，他真的下车往油箱里撒了一大泡尿。

　　司机又好气又好笑，可是一发动，小卡车竟然开起来了，而且不多不少正好支持了三公里。

　　正当大堤渗漏越来越厉害的时候，卡车及时赶到了。

　　李三毛一个猛子扎下水，很快摸准了渗漏的位置，众人听他指挥，立即丢下装满泥土的麻袋。

　　李三毛又潜下水，用麻袋塞住一个个漏洞，再将填满泥土的草包一层一层从水底码上来，打上一排排木桩，元秀湖大堤终于保住了。

　　事后有人分析，李三毛堪称酒王，喝下白酒能变成酒精，这酒精还能用来代替汽油开汽车，他一定有特异功能。

　　卡车司机却持不同看法，他说小卡车有一次撞坏了油箱，大修时修理工不知从哪儿找来个异型油箱换上了。这油箱底部有一条深深的凹槽,汽油积在槽里上不来,李三毛一泡尿使积油浮上来了。

孰是孰非,只有请教专家才能有科学结论。不过李三毛这泡尿使半个县的农民避免了元秀湖决堤之灾,那酒王的名声倒是因此越来越大了。

(周振亚)